创意写作书系

如何创作
令人难忘的结局

【美】詹姆斯·斯科特·贝尔
（James Scott Bell）◎著

高尔雅　高晨莉◎译

THE LAST
FIFTY PAGES

The Art and Craft
of Unforgettable Endings

中国人民大学出版社
·北京·

"创意写作书系" 顾问委员会

第一页决定了这本书是否畅销，而最后一页决定了下本书能否畅销。

——米奇·斯皮兰

同行对詹姆斯·斯科特·贝尔的评价

我通常在写小说之前需要一些建议。寻常的写作公式（"写你知道的"）已经帮不上我了。所以，我向詹姆斯·斯科特·贝尔寻求帮助。他教我如何打开一个伟大的入口（就像爱丽丝钻进兔子洞从而进入仙境一样），以及如何防止接下来的 400 页像我旧书桌上那些皱巴巴的文件和口香糖一样无望地纠缠在一起。于是，我的小说热卖了。

——莎拉·佩卡宁（Sarah Pekkanen），

《我的另一面》（*The Opposite of Me*）作者

通过他的书和研讨会可以看出，詹姆斯·斯科特·贝尔是一位写作技巧大师，在教授他人写作方面有着杰出的才能。詹姆斯使写作技巧更容易为人所接受，尤其是那些愿意深入挖掘并投入其中的人，而不是将写作能力授予天赋异禀的少数人。我从詹姆斯那里学到的，比从任何写作课程中学到的都要多，这本书也不例外。作为一位从教师转型的小说家，我知道如何发现一位有才华的老师。詹姆斯·斯科特·贝尔不仅是成功的，他还创造了标准。

——卡米·加西亚（Kami Garcia），

《纽约时报》头号畅销书作者

时间花得很值。我希望詹姆斯的方法能够长久地为我的写作提供帮助。

——杰瑞·本·詹金斯（Jerry B. Jenkins），

《纽约时报》头号畅销书作者

詹姆斯·斯科特·贝尔是我的写作大师！

——特里·布莱克斯托克（Teerri Blackstock），

《纽约时报》畅销书作者

贝尔对写作的热情使我深受鼓舞，他对叙事技巧有着众多有益的见解，这给我留下了深刻的印象。

——比尔·马西利（Bill Marsilii），编剧

目　录

1

第一章　结局的艰难

有句常说的高尔夫谚语道："重要的不是你如何挥杆，而是你如何进洞。"换句话说，不论你在开球处酝酿了多久，除非击球进洞，否则这些对你的得分而言都毫无意义。因此，三番五次地瞄准再击球，是非常愚蠢的行为，这导致了很多令人抓狂的、破产的、堆满马天尼酒的末流俱乐部的出现。

同样，你可以用杀手现身作为开场，引出一系列鲜活的角色和丰富的情节。这些内容可以撑起一本书中很大的一部分。

但是，如果你不推球入洞，也就是说，如果你的结局令人失望的话，那就前功尽弃了。

这会让你的读者极其失望。

第一个例子是电视剧《迷失》（*Lost*）。

我对第一季的大部分内容都记忆犹新。编剧吸引观众每周准时收看的策略变得越来越明显。他们会在一集的结尾设计一个待解的悬念，并且这个悬念足够让人大开眼界。

当《迷失》成为轰动一时的热门剧后，全国所有的影视剧都开始趋之若鹜地效仿这种悬念设置手法。

但是，我在想：**编剧们知道该如何结束悬念吗？他们真的有能力解释和了结所有这些惊天动地的谜团吗？**

六季之后，揭秘的时刻到了。

我在播出大结局当晚实时关注了推特。观众的反响大多是负面的，有的是困惑，有的是愤怒。

讨论蔓延到了博客上。有些人努力解读那些令人费解的剧情；有些人则气愤地表示自己坚持看完六季，却在大结局处以失望收场。观众在各个平台展开了激烈的讨论，但问题始终无解。

现在，我不认为这一切的责任全在编剧。他们只是按照制片人的要求，一集接一集地写剧本，并加入一些奇妙的转折。这么做会让观众、电视网高层和广告商们都很高兴。

但是，他们强调，**想出一些曲折反转的悬念是容易的！**只要你不担心后面圆不回来，在某一集的结尾或书中的某一段情节里设计一个惊世骇俗的转折**一点都不难**。

这是《迷失》的编剧们历经艰辛才发现的真相。

[附注：《迷失》完结后，一些流出的文件以及与编剧的私人谈话揭示了这正是《迷失》高开低走的原因。《越狱》

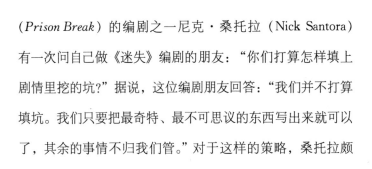

（*Prison Break*）的编剧之一尼克·桑托拉（Nick Santora）有一次问自己做《迷失》编剧的朋友："你们打算怎样填上剧情里挖的坑？"据说，这位编剧朋友回答："我们并不打算填坑。我们只要把最奇特、最不可思议的东西写出来就可以了，其余的事情不归我们管。"对于这样的策略，桑托拉颇有微词，他认为这样**并不高级**。]

我跟《迷失》的一些忠实观众有过私下交流，其中的大多数都表示他们很喜欢这部剧，但也不得不承认他们对大结局很失望。

所以，我对你的期许是：我希望读者被你的结局征服，并因此立刻去购买你的其他书。

门槛太高？

是有点。但这应该成为你的目标，因为给故事买单的人本就是在冒险。他们希望被裹挟在一个虚构的梦境之中，直到故事完结，被重新丢回到现实，这期间所收获的情感慰藉与极致欢愉，是他们花时间阅读你小说的动力。

这让我联想到一句关于表演的名言，这句话被认为出自英国演员埃德蒙·基恩（Edmund Kean，1787—1833）之口。在他临终前缠绵病榻时，一个朋友对他正在遭受病痛表达关怀。基恩则回答："死亡很容易，喜剧才困难。"

套用基恩的话，我想说：开端很容易，结局才困难。

但只要结局写得好，奇迹就会出现。

第二章 结局的使命

如果要用一个词来概括读者在阅读结局时的最大期望，那就是**满足感**。这个词足够宽泛，可以涵盖任何类型的结局，只要这个结局能让读者的整体阅读体验处于一种积极的情绪状态。注意：这种积极性不仅限于大团圆结局带来的愉悦感，还体现在对故事结局的认同感上。

在一部结局悲惨的小说中（比如在悲剧中，主角死掉了），即使你希望主角能活下来，也不影响你认为这种悲惨的结局是适宜的，例如《哈姆雷特》。

另外，圆满的结局并不代表令人满意。大家一定有这样一种共识——幸福是由角色凭借自身努力获得的，而不是凭空掉进他们的口袋里（我们将在后面的章节中讨论这一"解围之人"）。

为什么读者想要一个令人满意的结局呢？

首先，因为人们在生活中经常得不到满足——被炒鱿鱼、高速公路上被追尾、在一家昂贵的餐馆里吃到劣质牛排等。还有更大的悲剧，比如失去所爱的人。这样的例子不胜枚举。生活就是如此残酷。

所以，当人们读到一本书并沉迷于其中的故事时，人们通常希望结局可以在某种程度上让自己感到高兴，而不是让自己感到白白坚持读到最后。

书籍、戏剧、电影、音乐、舞蹈……当它们富有完满感时，就会在一定程度上使人感到舒适。

读者想要一个令人满意的结局，另一个原因不是心理上的，而是更实际的——他们付了钱！如果结局不合常理，就像我祖父常说的那样，那么读者就会觉得自己上当受骗了。又如果读者买的是一本标价 35 美元的精装书，那读者就会觉得自己被骗惨了。

我的朋友兼博客合作者——畅销惊悚小说作家约翰·吉尔斯特拉普（John Gilstrap）2017 年 5 月 24 日在我们的博客"杀戮区"（Kill Zone）上写道：

> 我刚读完一本书，是找我写荐语的。这是我很长时间以来读过的最激动人心的惊悚小说之一，因为出版商时间紧迫，我在读到四分之三的时候就完成了一篇极尽赞扬的荐语。我认为，这本书直击心灵。
>
> 直到最后 30 页。

"在杀死我之前，你得让我死个明白，还有你那些同伙是怎么搅进这件事的。"好吧，可能我转述得没那么准确，但大致就是这个意思。总之有点失望。我不后悔替这本书写荐语，我甚至还会再读一遍这位作者的书，因为书中 90% 的部分都非常精彩。但失望之感依然无法忽视。尽管如此，我也不会说出书名或作者，这么做不对。

朋友们，这种"展示而非讲述"的手法从故事的开头一直持续到最后一页。我猜作者有时候甚至会对自己的故事感到厌倦，或者，他们会在截稿日期临近时强迫自己提起精神搞创作，这就不得不把情节和角色抛到一边，将就一下，并安慰自己："好吧，这样就可以了。"

其实，我很理解这种情况。对于那些我追随过并且欣赏其作品的作者，如果这种情况只发生一次的话，我还可以接受。我把此类作品视为这些作者的试错，就像高尔夫球场上的加击，暂不计较。但仅凭这一点，他们已经被我留意了，下一本书最好达到应有的水准，否则就会被我拉进黑名单。

这就是为什么新作家的门槛特别高。高尔夫新手在他们第一次挥杆时可没有加击的机会，他们得把处女作直接打到 300 码外的球道上。

另外，我要补充一点——击球入洞。

我用体育项目做的类比实在太多了！

不过，还得再来一个。

高尔夫球手在开球时总是知道果岭（即高尔夫球洞所在的草坪）在哪里。所以，想尽一切办法击球就变得没有意义了，不是吗？

因此，问题来了：作者应该在动笔之前就知道结局吗？

我不会再通过体育类比来回答这个问题了。我们到天上去，请上帝来回答。

第三章 结局是否该在动笔前被预知？

上帝很烦躁。

他精心地塑成这个特别的造物，并把生命的气息注入其中，但这个造物却偏离了轨道。**上帝认为地球上的人类罪孽深重，他们内心的一切想法始终邪恶。**

状况从一开始就急转直下。上帝把一男一女安置在一处美丽花园里，这里有绿植、动物，甚至还有一家星巴克。上帝只给这里定了一条规则：就这棵树，它上面的果子不要吃，可以吗？这个要求有不明白的地方吗？没有？那很好。

但在蛇低声说了一个甜蜜的谎言后，夏娃咬了一口果子，紧接着是亚当。于是，他们不得不和伊甸园说再见了。

在外面的世界里，亚当和夏娃攒够钱买下了一个小洞穴，生了孩子，还学会了修剪草坪。

但悲剧随之而来。亚当之子该隐谋杀了他的兄弟亚伯。

事情变得越来越糟。

几代人之后，上帝决定是时候清空重来，好好治理一下人间了。但是有一个叫诺亚的人出现了，**诺亚在他的时代是完美的，并且……与神同行。**

你一定知道这个故事。上帝告诉诺亚审判即将降临，所以诺亚要按照特定的规格建造方舟，还需要为灾后物种重建计划找到成对的动物。诺亚遵从指令，在洪水到来前，把这些动物和他的家人都带上了船。

于是，诺亚成了《圣经》中最伟大的理财规划师。当其他人都遭遇账户清算时，他的股票上市了。

轰隆一声！洪水暴发，末日降临。

诺亚跟臭气熏天的动物们在一起待了一年多，其间他在想些什么呢？并非没有线索可循。古希伯来人的写作风格是极简主义的，在字里行间有很多留白。我们注意到这样一处：**上帝没有忘记诺亚。**

这说明，诺亚在漫长的航行过程中开始怀疑自己是否被上帝遗忘了。他只是个听话的傻瓜吗？这一切只是一个宇宙级的玩笑吗？他会死在这片荒芜的大海上吗？

诺亚所经历的就是他的"镜像瞬间"（Mirror Moment）（我会在后面解释）。

所幸他坚守信念，不诅咒上帝。洪水退去后，诺亚和他的家人以及动物们踏上了新世界的土地。

诺亚为耶和华筑了一座坛，拿各类洁净的牲畜、飞鸟献

在坛上为燔祭。耶和华闻那馨香之气……

诺亚还是大洪水之前那个正义的诺亚，不同的是，现在他的信念经受住了考验，并更加坚定。

这就是诺亚方舟的故事。感谢聆听。

不久前，皮克斯动画公司的故事创意师艾玛·科茨（Emma Coats）在推特上发布了一组关于如何指导团队完成"故事基础架构"的推文。其中的第 7 条很有趣：**在设计中间环节以前，先想好结局。这非常重要。结局很难写，因此要早做准备。**

这个观点与斯蒂芬·金（Stephen King）在他的畅销书《写作这回事》（*On Writing*）中总结的创作经验大相径庭。斯蒂芬·金认为，"情境是第一位的，之后才是那些原本扁平、毫无辨识度的角色。当这些在我脑海中确定下来，我的叙述也就开始了"。

斯蒂芬·金希望他的角色能给他带来惊喜，这意味着他通常不知道自己故事的走向。"为什么要担心结局呢？为什么要做个控制狂？每个故事迟早都会在**某个位置**找到合适的完结点的。"

写作者可能会追问："斯蒂芬·金先生，如果找不到这样一个完结的位置呢?"

他可能会说："那就重写吧。"

"但如果我采用皮克斯的方式，或许就省事得多。"

"如果你想省事，为什么要当作家?"

事实就是如此。

有的人擅长谋篇布局，有的人能够明见万里;有的人习惯提纲挈领，有的人选择旁逸斜出。有的人迫切想要知道结局，以明确自己的创作走向;有的人喜欢开放式结局，从而使故事本身成为驱动力（这类人经常感知到来自灵感的声音:"跟着故事走，故事知道答案。"）

我不相信任何人、任何事（包括故事本身）能知道答案。跟着故事走，有时候会被带到悬崖边上，然后听见一个声音:"你是自己跳下去，还是我帮你一把?"

雷·布拉德伯里（Ray Bradbury）对这种方式的写作有过一段经典描述——你像一只被踢出巢穴的雏鸟，被迫在下落过程中学会飞行。

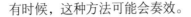

有时候，这种方法可能会奏效。

也有时候，你会像野狼怀尔（Wile E. Coyote）一样坠入尘埃。

我给你的第一个建议是：心中预设一个结局以明确写作的走向。你可以在创作阶段或修改阶段随时对它进行调整。这种预设结局的写法，也叫作**从中间开始**。

做到这一点，你就能明辨自己的故事究竟要讲什么。

我就这个主题写了一本书，叫作《从中间开始写小说》(*Write Your Novel From The Middle*)。简言之，就是在说这件事。

每个故事都必须有一个人物弧线，我更喜欢称之为**转变**（transformation），不信等着瞧，**你的故事离不开它**。你可以写作，可以有自己的风格，可以有怪癖，可以做实验。但是，作者朋友，如果没有人物转变，你不可能写出一个99.9%的读者都想要的故事。

这意味着，没有人物弧线（转变），就不可能写出一个好的结局。

因此，在故事的中段，主角应该有这样一个时刻——他被迫审视自己，就像在看镜中的影像。我把这个叫作"镜像瞬间"。

镜像瞬间分为两种。

第一种，角色被迫审视自己的内心，自我观照，思考自己此刻在故事中是一个怎样的人。他审视的是镜像中有道德缺陷的自我。

在第二种镜像瞬间里，角色不去审视自己的道德污点。事实上，他几乎还是原来那个自己。只是在情节推进过程中，他意识到自己有可能死亡！这种可能性（无论是生理层面、社会层面还是心理层面）对他来说都太可怕了。

因此，我想告诉写作者们：镜像瞬间会告诉你**需要采取哪种转变方案**。有两种类型：

1. 主角的内心发生变化。最终，主角变成了一个与开场时完全不同的人。在这种镜像瞬间中，主角被迫自我审视，"质问"这是否是真实的自己、自己是否要一直这样下去。接下来的故事难题就是：他最终会完成彻底的转变吗？

这就是我们在《卡萨布兰卡》（*Casablanca*）中看到的

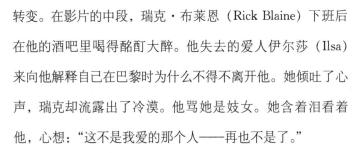

转变。在影片的中段，瑞克·布莱恩（Rick Blaine）下班后在他的酒吧里喝得酩酊大醉。他失去的爱人伊尔莎（Ilsa）来向他解释自己在巴黎时为什么不得不离开他。她倾吐了心声，瑞克却流露出了冷漠。他骂她是妓女。她含着泪看着他，心想："这不是我爱的那个人——再也不是了。"

她离开了。镜头里，瑞克把头埋进双手，他知道自己是个多么卑鄙的家伙。

他会一直这样吗？我们通过最后的转变可以得到答案。

这个镜像瞬间说明《卡萨布兰卡》真正探讨的是个人的转变——变成他应该成为的那个人，一个更好的自己。（如果他拒绝这种转变，我们将会看到一个悲剧。）

注意：这种转变未必都是从负面转向正面的（尽管大多数时候是这样的）。它也可以从正面转向负面。最好的例子就是《教父》（*The Godfather*）中的迈克尔·柯里昂（Michael Corleone）。他从一名优秀的美国士兵，变成了一个毫无人性的黑帮大佬。他的镜像瞬间出现在当他决定去杀死叛徒索洛佐（Solozzo）时。甚至还有一种类型的转变，就是弗兰纳里·奥康纳（Flannery O'Connor）所说的角色"获得施恩"却并不接受。这就构成了悲剧。我始终很喜欢的两部由保罗·纽曼（Paul Newman）主演的电影——《原野铁汉》（*Hud*）和《江湖浪子》（*The Hustler*）就是这样的例子。

2. 主角在与命运的抗争中意识到自己没有办法赢得胜利。他"要挂掉"的可能性太大了。

这种转变从零开始积蓄力量。这个角色的性格底色没有变化。但为了在生死攸关的冲突中存活下来，这个角色变得更加强大。

这种类型的例子有：《沉默的羔羊》（*The Silence of the Lambs*）中的克拉丽丝·史达琳（Clarice Starling）；《饥饿游戏》（*The Hunger Games*）中的凯特尼斯·伊夫狄恩（Katniss Everdeen）；《亡命天涯》（*The Fugitive*）里的医生理查德·金保（Dr. Richard Kimble）。

在《亡命天涯》的情节中，医生金保躲在芝加哥一个租来的地下室里。他正在想办法潜入库克郡医院，这样他就可以取得假肢装配记录（从而找到谋杀他妻子的独臂男子）。

突然，警察包围了房子并开始喊话！

金保被困住了，无路可逃！

但事实上，警察不是来抓金保的，而是来抓女房东的毒贩儿子。

在意识到这一点后，肾上腺素分泌过量的金保崩溃了。他在想：**"我活不成了。""我搞不定这些。""我快死了。"**

这就是第二种镜像瞬间的本质。这个角色的想法和凯特尼斯在《饥饿游戏》中的想法是一样的：**"我觉得这是个不错的长眠之地。"**

有没有不存在镜像瞬间或转变的角色呢？《007》中的詹姆斯·邦德（James Bond）、《侠探杰克》（*Jack Reacher*）中的杰克，他们是不是自始至终没有变过？

他们的性格底色没有变化。在故事中，他们的转变属于第二种类型，**因为他们卷入的案件或阴谋有可能带来生理层面、社会层面或心理层面的毁灭，这迫使他们提高自己的能力。**

如果故事里没有生死攸关的情节，故事就会显得平淡无奇。

想找到适合你的故事的转变，最简单的方法就是通过头脑风暴找到镜像瞬间。

直觉派的创作者可以随心所欲地展开头脑风暴。如果你在构思中途迷失了方向（我知道你肯定会这样），那镜像瞬间就会变成灯塔，照亮你走出丛林的路。

策划派的创作者可以在一开始确定关于转变的设计方案，并明确地将这一方案具象化。我在书中详细介绍过"黄金三角"（Golden Triangle）这种基础模型。或者也可以暂时将它搁置，之后随着故事的发展进行调整。

关键在于，一旦它确定下来，它将指引小说创作的前路，贯穿始终，在设计情节、设置场景、表达奥义（主题）等各个环节发挥作用。

让你的写作走向一个难忘的结局。

第四章　关于第三幕

我是一名坚定的三幕式结构支持者，绝不后悔。

即使是那些认为三幕式结构并不存在的人，他们在创作或教学中，最终也都会采用三幕式结构。

他们只是不用"开头—中间—结尾"的说法，而是为它编了另外一套术语，比如：起始、上升与和解。

甚至出现过一位著名的银幕剧作大师攻讦另一位的情况，只因后者坚持认为电影存在三幕式的创作范式，而前者在完成所有的节奏划分之后，最终也不得不承认三幕式的存在。

因为这就是人们接受故事的方式。

当然，你可以在结构上玩花样，也可以完全忽略结构，去写所谓的"实验小说"（也叫"卖不出去的小说"）。这是你的权利。

要知道，想要创造一个难忘的结局，需要打下正确的基础。我从没见过像三幕式这样强大的结构。

本书的重点不是详细拆解三幕式结构。相关内容在我的另一本书《超级结构》（*Super Structure*）① 里。我实际要讲

————————

① 该书于 2019 年 6 月由中国人民大学出版社引进出版。——编者注

的是最基础的情节推进方法，即"LOCK"系统。

L（Lead）代表主角，即主人公。

O（Objective）代表目标，即主角必须得到（或摆脱）的东西。这一目标必须通过殊死搏斗才能实现。死亡有三种形式：生理层面、社会层面和心理层面。

C（Confrontation）代表对抗。主角必须与一股更强大的力量抗衡，这股力量通常表现为另一个角色或群体。

K（Knock-Out Ending）代表淘汰式结局，这也是本书的主题。出于这个原因，让我们仔细看看第三幕中发生了什么。

我们正走向戏剧高潮，通过一个与前几幕有机结合的结局，剧情矛盾将在此处得到解决。

我们在第一幕中了解主角。我们追随着这个角色，期待他/她表现出自己的意志力。第一幕结尾，主角被推上了一条不归路，直接切入了第二幕。

我用了"被推（上不归路）"的说法，事实的确如此，因为第二幕中出现了三种死亡形式之一。如果不把主角逼到墙角，这本书就不会那么扣人心弦。主角像我们每个人一样不愿面对死亡，更想温馨舒适地享受自己的平凡生活。

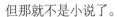

但那就不是小说了。

桃乐西（Dorothy Gale）是一个生活在堪萨斯州的农场女孩，她在农场过得不开心，想要逃离。玛威尔（Marvel）教授告诉她，爱姆婶婶（Aunt Em）因她的离开十分伤心，劝她回农场。但就在她返回农场时，她被一场龙卷风卷上了天，直接推进到了第二幕。（提示：当电影画面从黑白过渡到彩色时，通常已经进入第二幕。）

斯嘉丽·奥哈拉（Scarlett O'Hara）是一个卖弄风情的女人。她想留在美国南方，想嫁给艾希礼·威尔克斯（Ashley Wilkes），过上那种时常穿着蓬裙礼服参加派对的日子。但内战把她推上了一条不归路。

之所以称之为"不归路"，是因为身后的门"砰"的一声关上并锁住了。主角无法回头，只能往前走，随着情节推进不停抗争。

接下来，如何从第二幕转到第三幕呢？这是不归路上的又一道门。经历了线索、发现、挫折或危机，主角似乎看到了胜利的希望。没有这一道门，主角就不得不继续向前，并陷入无休止的挑战之中；当然，这期间主角是相对安全的，不会"挂掉"。

因此：

在《亡命天涯》中，医生金保成功地闯入了一个戴着假肢的男人的公寓。金保伪装成监护人潜入库克郡医院，获得了假肢装配记录。他一直在追查名单上的人，而这个男人就是最后一个可疑目标。

他发现了什么？故事给出了一条重要的线索。他看到了一张照片，其中一个男人就是曾与他搏斗的那个人，也就是杀害他妻子的凶手，男人旁边是一位著名的医生，另有一些细节表明，这个独臂男人受雇于一家大型制药公司做保安。

有了这些信息，金保就能直接解开这个谜题了。

桃乐西被邪恶女巫的飞猴抓走的情节发生在《绿野仙踪》（The Wizard of Oz）故事的3/4处。这是一个重大挫折。她需要三个盟友——稻草人、铁皮人和狮子——闯入城堡救她。这就导致了她与邪恶女巫的终极对抗。

由此，我们穿过了不归路上的第二道门，同样无路可退。主角必须为了最终的胜利继续前进。

我希望在第三幕看到的场景是：

积蓄力量

对手在意识到战斗的号角已经打响、主角已经下定决心后，就调动更多人手去击败主角。

熄灯

主角似乎已经一败涂地，毫无胜算。

注意：最后五十页将由此展开，但是会根据你所写的这本书的类型和长度进行灵活调整。无论如何，终极对战即将到来。主角会经历一些恐惧或怀疑，在终极对决之前获得鼓励。所以，我们需要：

Q元素

Q元素是一种情感上的触动。主角通过回忆或再现曾在第一幕出场的情感标志物、聆听一个可靠角色的教诲，从而获得继续战斗的勇气或得到做出正确抉择的提示。卢克·天行者（Luke Skywalker）听到欧比旺·克诺比（Obi Wan

Kenobi）的声音："使用原力。"在《史密斯先生到华盛顿》（*Mr. Smith Goes to Washington*）中，史密斯先生已经决定打包行李离开华盛顿，那个对他心怀爱慕的女助手桑德斯（Saunders）找到了坐在林肯纪念堂前的他。她让史密斯回想起自己初到华盛顿参观纪念堂（第一幕）时说过的话。她向史密斯表明了心迹。当史密斯再次望向纪念堂时，他已经重新燃起了斗志。

终极对决

先看外部因素——主角能抗住压力吗？再看内部因素——主角能做出正确的抉择吗？在这个规模宏大的高潮片段，所有筹码都摆在桌子正中央。赢得比赛需要胆量——要么是血气之勇，就像卢克·天行者在死星上发出的一击；要么是道义之勇，就像《卡萨布兰卡》中的瑞克。在悲剧结局中，我们把悲剧的成因归咎于主角的勇气不足（我会在下一章详细展开）。例如在《教父》中，迈克尔·柯里昂缺乏道义之勇，最终让自己沉沦在犯罪世界之中。

转变

书中最后一章通常会展现出角色变得更强，甚至变成全新的自我，它承载着作者有意留给读者的情感共鸣。关于共鸣的问题非常重要，所以我要单独用一章的内容来说明。

在下一章中，我们将通过一些例证看到这些场景的实际应用。与此同时，建议做如下尝试：

看几部经典电影，从中找出前文所说的第三幕的情节。然后为你自己的第三幕展开头脑风暴，给每个情节片段设计2~4种可能的方案。跳出思维定式，选择最好的方案并且根据需要调整情节。

首先否决那些常规选项。你要做的是让读者眼前一亮，而非思来想去也跳脱不出窠臼。然后回到小说前文，在合适的地方埋下伏笔，使剧情推进更加合理。这不是个轻松的任务，结局难就难在这里。但这项复杂的工作会带来丰厚的回报，首当其冲的就是将读者转化为粉丝。

第五章 结局的类型

为小说的主角设置一个目标，让他凭借坚强的意志力努力战斗，去实现这个目标。战斗的结果决定了结局的形态。常见的有五种：

1. 主角胜利
2. 主角失败
3. 主角牺牲
4. 主角表面"胜利"，实际失败
5. 开放式结局

让我们一一来看。

1. 主角胜利

男孩遇到女孩。男孩试图赢得女孩的心，遭到女孩家人的反对。男孩通过努力成长为一个更好的男人，最后和女孩走到了一起。

他胜利了，达到了自己的目的。

侦探破案。经历了一系列事件后，凶手最终被抓住了。侦探获得了胜利。

女人有个非常糟糕的童年。母亲一直摧残她的自我认知，直到她遇到了一个爱她的男人，鼓励她正视自我。当她鼓足勇气重新面对母亲时，母亲已经因心脏病发作去世了。

女人赢得了这场战斗，重新正视自我，尽管她为母亲的突然离世感到伤心，但她终归赢得了一场胜利。

小说中取得胜利绝非易事，必须为此付出代价。主角通常要经受来自内部或外部的创伤，这会留下疤痕，但也会让主角更强大、更完美。电影《亡命天涯》的开头，医生金保为了逃离监狱大巴，身体一侧受了重伤（外部伤害）；影片最后，他又遭到挚友的背叛（内部伤害）。

在主角获胜的小说中，战斗会很激烈——实际上，所有小说都应该如此，但我们可以在结尾坚定地说，主角已经达到了他的目的。

比如令唐·彭德尔顿（Don Pendleton）大获成功的"维吉兰特系列"小说的第一本《刽子手》（*The Executioner*）。它的副标题是《对战黑帮》（*War Against the Mafia*），讲述

的是这样一个故事：越南战场上的王牌狙击手马克·博兰
(Mack Bolan) 回到家中，却发现自己的父亲、母亲和十几
岁的妹妹被放高利贷的黑帮残忍杀害。博兰向黑帮宣战，并
开始了一个人的复仇，凭借自己的本领，逐个杀死了难缠的
对手。不仅黑帮在追捕博兰，警察也在追捕他——阻止他继
续流窜杀人。

故事在皮茨菲尔德的一场大战中达到高潮。博兰赢了：

> 皮茨菲尔德一战结束了。对马克·博兰来说，这场
> 胜利并不值得狂喜，它早已被混乱的过往和危险的现实
> 消解，他在危境中陷得实在太久了。

但是，博兰清楚自己需要为新生活付出代价：

> 前方只有地狱。他已为此做好准备，并警告其他人
> 最好同样做好准备。马克·博兰的余生将沾满鲜血，这
> 个刽子手将活到生命的尽头。

这个角色到现在还活着。当我写到这里时，小说已经连
载了 460 期！

为了让主角获胜的结局更柔和一些，我们考虑一下浪漫类型。许多作品往往将此处理为一个大团圆结局——"他们从此幸福地生活在一起"，也就是说，当事双方最终都得到了自己想要的，即"彼此"。

其中最著名的也许要数简·奥斯丁（Jane Austen）的《傲慢与偏见》（*Pride and Prejudice*）了。伊丽莎白（Elizabeth）和达西（Darcy）最终走到了一起，甚至感化了强烈反对他们在一起的姨妈：

> 凯瑟琳夫人对她外甥这门婚事极为气愤。外甥写信向她报喜时，她不由得原形毕露，百无禁忌，写了封信把达西痛骂了一顿，而对伊丽莎白骂得尤其厉害，于是双方一度断绝了来往。后来，达西终于让伊丽莎白给说服了，决定宽恕姨妈的无理，力求与她和解。姨妈稍许强拗了一下，心里的怨恨便冰消冻释了，这或许是由于疼爱外甥的缘故，也可能是出于好奇，想看看外甥媳妇表现如何。尽管彭伯利添了这样一位主妇，而且主妇在城里的舅父母也多次来访，致使这里的树林受到了玷

污，但凯瑟琳夫人还是屈尊来探望这夫妇俩。

这夫妇俩跟加德纳夫妇一直保持着极其密切的关系。达西和伊丽莎白都真心喜爱他们。两人也十分感激他们，因为正是多亏他们把伊丽莎白带到德比郡，才促成两人结为伉俪。①

这里有人受到伤害吗？正如书名所示，傲慢与偏见都需要从主角身上被除。这么做会给主角留下烙印，但还没有严重到不忍卒读的地步。正如伊丽莎白对姐姐说的："也许我一向并不像现在这样爱他，可是这一类的事，总不应该把宿怨记得太牢。我从今以后也一定要把它忘得干干净净。"

所以，主角胜利这一结局形态通常包括以下特点：

● 终极对战中的以命作赌（生理层面、社会层面、心理层面）。

● 主角达到目标后获胜（击败敌人、收获爱情，等等）。

① 译文摘自：奥斯丁．傲慢与偏见．孙致礼，译．南京：译林出版社，2010：304.——译者注

● 虽然获胜，但留下了某种创伤（内在的、外在的或两者兼有）。

2. 主角失败

众所周知，当主角在执行任务过程中遭遇失败，他或她会得到一个悲惨的结局。在经典悲剧中，主人公会因为自己的致命弱点而死亡或遭受惩罚。哈姆雷特的死是因为他被复仇蒙蔽了双眼；李尔王死于骄傲和愤怒；麦克白是被野心拖垮的。

斯科特·菲茨杰拉德（F. Scott Fitzgerald）的《了不起的盖茨比》（*The Great Gatsby*）就是一部著名的以主角失败为结局的小说。

故事以尼克·卡拉维（Nick Carraway）的视角展开，讲述了在喧嚣的 20 世纪 20 年代，一个名叫杰伊·盖茨比（Jay Gatsby）的神秘富翁在自己的豪宅里举办疯狂派对的故事。我们很快就能知道盖茨比为什么要主动结交尼克。尼克的表妹黛西·布坎南（Daisy Buchanan）就住在附近，她是盖茨比迷恋的对象。尽管她已经结婚，但盖茨比仍然要把她追回去。

他差点就成功了，但是黛西最终还是决定留在丈夫汤姆·布坎南（Tom Buchanan）身边。她的驾驶技术很糟糕，开着盖茨比的车撞死了一个名叫桃金娘（Myrtle）的人物。盖茨比愿意替黛西顶罪，但桃金娘的丈夫乔治却认为盖茨比与桃金娘有染（桃金娘真正的情人其实是汤姆）。于是，乔治来到盖茨比家中，开枪射杀了他并随后自杀。

所以，盖茨比非但没能赢回黛西（Daisy）的心，还很讽刺地命丧黄泉，与雏菊（daisies）为伴。

悲惨的结局目的何在？

这与菲茨杰拉德对美国梦的批判态度有关——美国梦里往往充斥着铜臭，同样也流露出往事不可追的无力感。

这就是为什么一个悲惨的结局会引发道德层面的思考。盖茨比的死，归根结底是因为错误的追求，比如（通过贩私酒获取）巨额财富和别人的妻子。他最终付出了代价。

菲茨杰拉德借此让我们意识到：这种追求是徒劳的。

悲剧与宣泄

在古希腊经典戏剧中，悲剧起到了亚里士多德所谓的宣

泄作用，即净化情感的作用。学者通过解读亚里士多德获得
博士学位。而我提及亚里士多德的悲剧理论，是为了强调悲
剧的作用在于避免让观众陷入情绪崩溃，因而要强调生存的
意义。

悲剧的目的似乎是让观众们避免破坏性的激情，从而加
强生存的状态。鲁弗斯·费尔斯（Rufus Fears）教授在一篇
关于希腊悲剧《阿尔刻提斯》（*Alcestis*）的论文中指出：

> 悲剧的目的是唤醒内心的恐惧和怜悯，达到宣泄、
> 净化情绪的作用，进而让人免受恐惧、怜悯情绪的影
> 响，做出正确的决定。
>
> ——鲁弗斯·费尔斯，《从经典中吸取人生教训》
> （*Life Lessons from the Great Books*），
> The Great Courses 系列课程，2009

悲惨的结局有相似的结构手段。我们为没有亲身遭受主
角的命运而感到欣慰，同时吸取教训，避免同样的悲惨下
场。反乌托邦经典小说《华氏451度》（*Fahrenheit 451*）的
作者雷·布拉德伯里曾被问及为何要写预言未来的小说。他

回答："我不是预测未来，我在试图阻止悲剧的发生。"

主角失败的结局在经典的黑色电影和硬汉小说中很常见。

想想詹姆斯·梅·凯恩（James M. Cain）的《双重赔偿》（*Double Indemnity*）和《邮差总按两次铃》（*The Postman Always Rings Twice*）里的苦命鸳鸯。这两个故事中存在同样的悬念——他们能否逃出生天？

面对现实吧，我们中的确有一部分人需要从故事中吸取教训，这些读者希望故事中的人物无论如何都能侥幸逃脱。原因何在？因为凯恩能够引发读者的同情心，使小说产生从读者到人物的反向情感流动。这也是高级小说的重要特点。

《邮差总按两次铃》接近尾声时，弗兰克（Frank）和柯拉（Cora）这对恋人结束了他们的爱情，部分原因是柯拉现在怀孕了。

我们在市政厅登记结婚，然后去了海滩。她看起来太美了，我只想和她一起在沙滩上玩耍，但她脸上露出一丝微笑。过了一会儿，她站起身，走向海浪。

"我要走了。"

她走在前面，我游泳追上去。她继续往前走，越走越远，比之前任何一次都远。然后，她停下脚步，我追上了她。她转身朝向我，握住我的手，我们四目相对。这一刻，她知道魔鬼已经走了，也知道了我有多么爱她。

但命运另有安排。弗兰克担心柯拉可能流产，于是拼命开车送她去医院，但当他试图超过一辆卡车时撞上了一堵墙，他眼前一片漆黑。

当我从车里出来，我蜷缩在车轮旁边，背对着车头。我开始呻吟，因为我听到了可怕的声音。这声音有些像雨点落在铁皮屋顶上，但不是。是她在流血，沿着挡风玻璃往下，流到了车盖上。

警笛声响起，人们纷纷下车，向她跑去。我抱起她，想帮她止血。这期间，我和她说话，哭泣，亲吻她。但她再也感受不到了。她已经死了。

弗兰克被指控伪造车祸谋杀柯拉，犯罪动机是独占他们潜逃时带走的钱。他被判有罪，被送进了死刑室。本书的结尾是这样写的：

> 他们来了。麦康奈尔神父告诉我祈祷有用。既然已经走到这一步，请赐予我祝福，也赐予柯拉，请让我们在一起，不论身在何处。

这就是一个悲惨的结局，主角失去了一切，这种结局通常由一场粗暴却无法避免的审判导致。正因为如此，这成为文学作品中最有力量的结尾之一。

一个主角失败的结局形态是这样的：

● 最后决战中的赌命一搏。

● 主角失败，意味着他没能达到目标，所以在生理层面、社会层面或心理层面形成了事实上的死亡。

● 一场道德教育（即情感净化）。

3. 主角牺牲

史上最著名的结局是什么?

我要投《卡萨布兰卡》一票。它毋庸置疑有一句顶级的最后对白:**路易,我认为这是一段美好友谊的开始。**

《卡萨布兰卡》是根据一部名为《人人都来瑞克家》(*Everybody Comes to Rick's*)的戏剧改编而成,由华纳兄弟出品,亨弗莱·鲍嘉(Humphrey Bogart)主演。(这部作品引发热议,某种程度上离不开罗纳德·里根曾要出演。)

电影讲述了二战期间,美国人瑞克·布莱恩在卡萨布兰卡经营一家咖啡馆的故事。法属摩洛哥处于纳粹维希政府的统治之下。警察队长路易·雷诺(Louis Renault)允许瑞克经营他的咖啡店(包括一间赌博室),不仅因为瑞克表示自己的立场绝对中立……更因为路易可以一边从赌场抽成、一边在咖啡馆里说服绝望的女人们满足他的"小浪漫"(当然,作为回报,他给了那些女人和她们的丈夫逃离卡萨布兰卡所必要的文件)。

瑞克为什么孤身一人？直到那个他曾真正爱过的女人——伊尔莎·伦德（Ilsa Lund）重新出现在他的生活中，我们才知道原因。她和她的丈夫维克多·拉兹洛（Victor Laszlo）在一起，他是一位英勇的反纳粹斗士。

通过一段倒叙，我们得知瑞克为何如此痛苦。就在纳粹即将占领巴黎时，他和伊尔莎坠入爱河。伊尔莎本以为她的丈夫拉兹洛死在了集中营。就在瑞克向她求婚的时候，她发现自己错了。

她原本跟瑞克约定在火车站等最后一班车，最后写了一张纸条告诉他，自己不能和他一起走了，但会永远爱他。

现在，她出现在卡萨布兰卡。警方和纳粹正在全力缉捕拉兹洛。

这就是两人之间的复杂前史（这就是概括情节的方法！）。大家对这部电影都很熟悉。

让我们来分析一下。

首先，这部电影讲的是什么？是关于一个叫瑞克·布莱恩的人重生的故事。他从苦闷的孤寂中走出来，变成了勇敢的牺牲者。因此，这些环节在电影中非常清晰：

反对转换

在第一幕中，瑞克说："我不为任何人冒险。"他也正是这样做的，例如，他拒绝插手帮助黑市骗子尤加特（Ugarte）脱罪。

瑞克言行一致。除了你自己，任何人都不值得你为之冒险，否则你就会遭遇厄运。

镜像瞬间

我们之前讨论过。在醉醺醺地拒绝了伊尔莎试图解释巴黎发生的事情后，瑞克有一个自我厌恶的瞬间。他知道自己糟糕透了。

电影的后半部分隐含着一个悬念——瑞克能寻回自己的本心吗？

预示结局

在第三幕之前的一些情节片段里，瑞克显露出他可能会寻回本心的小迹象。其中有两个很典型。

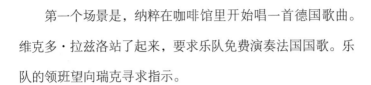

　　第一个场景是，纳粹在咖啡馆里开始唱一首德国歌曲。维克多·拉兹洛站了起来，要求乐队免费演奏法国国歌。乐队的领班望向瑞克寻求指示。

　　瑞克点头表示同意。

　　第二个场景涉及一个绝望的年轻女人，她的丈夫在赌场输光了所有的钱，这些钱原本是他们用来买出境文件的。路易·雷诺给了她一个惯用的交换条件——跟他上床，她就可以拿到文件。

　　复杂的剧情继续推进，直到最后瑞克和长相酷似英格丽·褒曼的伊尔莎来到机场，伊尔莎已经决定离开自己的丈夫，跟瑞克一起走。

　　但瑞克制止了她，告诉她这么做是不对的——如果这么做了，以后一定会后悔，或许不是现在，但绝不会太久，并且会悔恨一辈子。

　　他说："巴黎的回忆永远在我们心中。看你的了，孩子。"

　　瑞克牺牲了他在这个世界上最渴望的东西。他这样做是为了更高的理想。（他不再说"我不为任何人冒险"了。）

　　他也冒了生命危险，因为他在法国警队队长路易面前杀死了纳粹少校。

但出人意料的是，路易并没有逮捕瑞克。相反，他被瑞克的道义之勇所感动，放弃了现有的权力地位，同瑞克一起与纳粹作战。

为什么会发生如此巨大的转变？

瑞克以前活得就像一具孤独的行尸走肉，但现在，他愿意为了信念牺牲性命……他找回了自己的本心。

牺牲和自我救赎的奥义塑造了如今的文明。一个人即使没有宗教信仰，也必须承认，内心有这样一种东西，它能让我们为了更高的理想做出牺牲。

这就是《卡萨布兰卡》能引起共鸣的原因。

同样也是故事中的牺牲会感动我们的原因。

我们接收这些情绪的能力仿佛是与生俱来的。

在最古老的印度教经典《梨俱吠陀》（*Rigveda*）中，有一个关于普鲁沙（Purusha）创世的故事。原人普鲁沙牺牲自我，他的身体被分解成很多部分，变出了男人和女人，也变出了世间万物。

在旧约中，亚伯拉罕（Abraham）献祭以撒（Isaac）以证明自己对上帝的虔诚。以撒象征性地起死回生，预示着未来基督降世，为世人赎罪而牺牲。

公元前 400 年，古雅典剧作家欧里庇得斯（Euripides）创作了《阿尔克提斯》（*Alcestis*）。在这部剧里，国王阿德墨托斯（Admetus）即将死去，但他得到了上帝的恩赐——只要能找到替代的人，他就不必死。

除了他的妻子——王后阿尔克提斯，没有人愿意为他牺牲。而王后这样做，是为了不让自己的孩子们失去父爱，她自己也不至沦为伤心的寡妇。更重要的是，她知道他是一个好国王，人民需要他。

这就是牺牲。

死亡带走了她，走向命运的终极。

与此同时，战神赫拉克勒斯（Heracles）（即大力神的希腊名字）听说了这个悲伤的故事，发誓要战胜死神，让阿尔克提斯复活。

赫拉克勒斯成功了。他陪同戴着面纱的阿尔克提斯回到王宫。国王阿德墨托斯起初并没有认出她，直到掀开了她的面纱。有趣的是，她前三天不能说话，之后就完全恢复了。

牺牲的力量是强大的。也许是因为我们知道——生活是艰苦的，而维护正义通常是要付出代价的。虚构作品中，人物为正义而战往往会承受伤痛，否则会显得他们所追求的事物并没有那么重要。

他们最终极的牺牲就是献出自己的生命。如果得以幸存，就约等于复活。

但即使他们没能活到最后，他们仍会以另一种形式复活——伟大的精神将永存世间。他们的牺牲激励其他人为了更好的生活而继续战斗。在《勇敢的心》（*Braveheart*）中，威廉·华莱士（William Wallace）只要承认叛国罪就可以免受折磨，但他却在斩首斧落下之前仍高喊："自由！"他的死激励了包括苏格兰国王罗伯特·布鲁斯（Robert Bruce）在内的追随者们，让他们像自由人一样继续战斗。

喜剧《罗伯茨先生》（*Mister Roberts*）在小说、戏剧和电影等领域都取得了巨大成功，同名电影由亨利·方达（Henry Fonda）、杰克·莱蒙（Jack Lemmon）和詹姆斯·卡格尼（James Cagney）主演。这部作品在结尾给我们带来了深深的触动——罗伯茨的死讯促成了普尔弗舰长（Ensign

Pulver）的觉醒。

这样的例子还有很多。《双城记》（*A Tale of Two Cities*）以西德尼·卡顿（Sydney Carton）的自我牺牲而著称。他说："我现在做的，是我一生中做过的最好、最最好的事情；我即将得到的，是我一生中拥有的最宁静、最最宁静的安息。"

克林特·伊斯特伍德（Clint Eastwood）在他主演的《老爷车》（*Gran Torino*）中扮演了这样一个角色——他从最初根深蒂固的偏执，到后来愿意冒生命危险去拯救一个苗族少年，帮少年摆脱了社区帮派团伙的骚扰。

在各种类型的小说中，都可以看到这种牺牲式的结局。

即使小说没有以主角的牺牲告终，至少主角也在情节冲突中付出了惨痛的代价，最终变成一个不同以往的或更加强大的人。简而言之，这就是故事的精髓。

主角牺牲的结局形态是这样的：

- 引发道德困境的死亡赌注。

- 主角选择牺牲自己最珍贵的东西，包括生命。

- 主角因牺牲而得到回报，要么是得到意外收获（《卡

萨布兰卡》），要么是被奉为救人英雄，即便是在死后（《老
爷车》）。

4. 主角表面"胜利"， 实际失败

当主角的目标在道德层面是错误的或存疑的时，如果主
角实现了它，那主角就已经取得了事实上的"胜利"。故事
的核心悬念——"他能否达成目标"，能得到肯定回答。但
是，胜利的代价太大了。因此，对于主角来说，无论如何都
得不偿失。

马里奥·普佐（Mario Puzo）的《教父》的主角并不是维
托·柯里昂（Vito Corleone），而是维托的儿子迈克尔——这
是一个关于迈克尔权力崛起的故事。

在书（和电影）的开头，迈克尔是一名从战场回来的退
伍军人。他要回家和未婚妻凯（Kay）结婚。在妹妹康妮
（Connie）盛大的婚礼上，他向凯保证自己不会参与"家族
事务"。

但当竞争对手索洛佐试图暗杀迈克尔的父亲时，一切都

变了。

尽管这次暗杀没能成功，但是维托·柯里昂已然身受重伤。在医院里，迈克尔作为三兄弟中最聪明的一个，敏锐地察觉到第二次暗杀即将来临。他迅速做出反应，挫败了这次暗杀企图。但在这个过程中，他也与被索洛佐买通的纽约警队队长发生了冲突，脸上挨了对方一拳。

在柯里昂家中，作为家族临时首领的桑尼（Sonny）十分愤怒，迫不及待要复仇。家族法律顾问汤姆·黑根（Tom Hagen）则建议他保持克制。

迈克尔全程坐在那里，一声不吭。你可以很直观地看出——这部电影的镜像瞬间出现了。迈克尔在审视自己究竟是谁——他是不是父亲的好儿子、答应了未婚妻绝不卷入家族事务的好男人？还是说，他会不会走上犯罪道路，迈出不可回头的一步？

他选择了后者，制订计划杀死了索洛佐和警队队长。

做完这件事，他就逃到了西西里岛。

等他重回纽约，就是来完全接掌柯里昂家族的。

让其他家族下地狱吧！

他成功地完成了对其他家族的仇杀。他赢了。

但"成功"的代价呢？

在影片的结尾，迈克尔遇到了妹妹康妮，她指责是迈克尔下令杀害了自己的丈夫卡洛——这的确是迈克尔干的。他的妻子凯无意中听到了康妮的指控，于是私底下问迈克尔这是不是真的。

> 迈克尔疲惫地摇摇头。"当然不是。请你相信我，这次我允许你过问我的事务，我也愿意给你一个答案。不是真的。"他的语气从未如此令人信服。他直视凯的眼睛。他动用了两人在婚姻中建立起的全部互相信任，希望她能相信他。她不能继续怀疑下去了。她后悔地笑了笑，扑进他的怀里，亲吻丈夫。①

从此，迈克尔成了那种可以对自己的妻子毫无顾虑地撒谎的人。他的灵魂迷失了。在电影结尾，有一组完美的镜

---

① 译文摘自：普佐．教父．姚向辉，译．南京：江苏文艺出版社，2014：481.——译者注

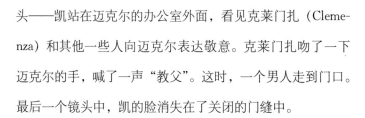

头——凯站在迈克尔的办公室外面，看见克莱门扎（Cleme-nza）和其他一些人向迈克尔表达敬意。克莱门扎吻了一下迈克尔的手，喊了一声"教父"。这时，一个男人走到门口。最后一个镜头中，凯的脸消失在了关闭的门缝中。

这种"惨胜"的结局类型，在恐怖小说中经常出现。我们会发现浮士德式的交易（向魔鬼出卖灵魂）以及窥探黑暗的下场。

斯蒂芬·金的大部分小说都有类似的结局，例如《宠物公墓》（*Pet Sematary*）。它讲述了年轻医生路易·克里德（Louis Creed）的故事，他有一个美满的家庭，全家搬到了缅因州的一个小镇。这是一个典型的斯蒂芬·金式的小镇，土地天然具有某种神秘的力量。小镇上有 片宠物公墓（地名拼写还是错的），埋在这里的东西会像僵尸一样复活。比如路易家的猫，明明已经下葬，却又活了过来，它把老鼠撕咬得血肉模糊，自己浑身还散发着尸臭。

路易两岁的儿子盖吉（Gage）被一辆卡车撞死了。路易偷偷把儿子的尸体埋在宠物墓地。这是犯了天大的错误。这个孩子复活后变成了一个杀人怪物，他用解剖刀杀死了路易

的朋友尤德 (Jud)，又杀死了自己的母亲。不仅如此，这个复活的小家伙甚至还啃噬了她的肉。

记住，这是斯蒂芬·金，不是芭芭拉·卡特兰 (Barbara Cartland)。

路易不得不用剂量足以致死的吗啡杀死自己的儿子。

路易已经在精神错乱的边缘摇摇欲坠（你觉得呢?）。他把妻子拖去了墓地。他觉得自己和盖吉已经等得太久，他的妻子会安然无恙地回来！

当然，这是不可能的。

路易确实战胜了死亡，但他却只赢得了一具僵尸。

这代价太大了。

这种结局的形态是这样的：

● 这个生死攸关的时刻，死亡通常是心理层面的。主角正被引向黑暗的一面。

● 主角做出完全背弃道德的选择（通常是拒绝了来自另一个角色的劝诫，不肯回归正轨，继续在黑暗里摸索）。

● 阴暗的目标实现了，最终的代价是灵魂的堕落。

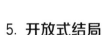

5. 开放式结局

　　一本书在主要情节没有彻底完结的情况下结尾，这就是所谓的"开放式结局"。它意味着留给读者想象空间，去思考故事的最后会发生什么。接下来肯定会发生点什么，但具体是什么呢？会有更加生动的情节、更加多样的角色转换。

　　这会让读者感到沮丧，所以大多数畅销小说的结局都毫不含糊。明确的结局通常是作者给读者心照不宣的保证。读者花了大量的时间，同时一般也支付了相应的费用，来体验一个故事。读者从头看到尾，自然期待一个真正的结尾——恶人必遭天谴，有情人终成眷属，英雄死得其所，罪犯终被严惩。

　　那么，是否有开放式结局的一席之地呢？当然有。但通常只存在于所谓的严肃文学作品当中。正如著名编辑戴夫·金（Dave King）在 2017 年 4 月 18 日的博客专栏中所说：

　　　　主流小说和严肃文学小说的读者通常是为了体验现

实生活而阅读的，他们更容易对情节明确的结局产生怀疑。充斥在人们现实生活中的冲突很少能以令人满意的方式结束。严肃文学小说的作者往往耻于用明确的结局来结束故事，或许就是因为他们渴望捕捉这种真实的体验。如果你笔下的角色所经历的痛苦能够充分地向读者展示人物处境，并引发读者思考，说不定你就可以不用解决角色的实际问题了。

塞林格（J. D. Salinger）的《麦田里的守望者》（*The Catcher in the Rye*）正是这样的小说。一个寻找生活意义的青少年霍尔顿·考尔菲德（Holden Caulfield）正在疗养院接受抑郁症治疗。在书的结尾，他不知道等他出院以后生活会是什么样子：

> 好多人，特别是这儿一个搞精神分析的家伙，老是问我九月份上学后会不会用功，我看这话问得真蠢，我是说在还没做一件事情之前，又怎么会知道将来怎么做呢？我的回答是：不知道。我觉得我会，可是我又怎么

能知道？我敢说，这话问得蠢。①

然后，我们看到了难忘的最后句子：

千万别跟人说事儿，说了你就会想念起每一个人。②

霍尔顿出来以后能做到吗？这取决于读者。在这本书里，我认为这种结局方法是有效的。它讲述了一个男孩在"现实生活"中的挣扎。故事结尾，我们会对主角的未来有自己的判断。当你能像塞林格那样写出最后一章时，这部小说会给你启发。

但是，如果一部侧重情节的小说没能在结尾解决剧情矛盾，效果通常就好不到哪儿去。在我看来，埃尔莫·伦纳德（Elmore Leonard）的西部小说《危险人物》（*Valdez is Coming*）就是个典型例子。

故事情节直截了当，引人入胜。小镇治安官鲍勃·瓦尔迪兹（Bob Valdez）在农场主坦纳（Tanner）的指使下，射

---

① 译文摘自：塞林格. 麦田里的守望者. 孙仲旭，译. 南京：译林出版社，2007：213.——译者注

② 同①.

杀了一个被当成杀人犯和逃兵的黑人，最后却发现杀错了人。死者的妻子是一名阿帕切族的印第安妇女，她此时已经怀孕。鲍勃·瓦尔迪兹想为她募捐。

但当瓦尔迪兹骑马来到坦纳这里寻求捐款时，坦纳让自己的手下羞辱并赶走了他。瓦尔迪兹不甘心，再次上门，遭到了坦纳的殴打。

这让好脾气的瓦尔迪兹产生了复仇的念头。他打伤了坦纳的一个手下，并让那个家伙满脸是血地回去给坦纳送信：瓦尔迪兹要来了。

所以，这是一个复仇的故事。按照西部世界的规则，生性残暴的坦纳理应接受制裁。

但是，书的结尾并没有让我们看到情节所必需的制裁桥段。(其中最暴力的场景不过是恐吓一家人——殴打一个小男孩，威胁要强奸一个小姑娘，并烧掉这家的房子。如果有人该吃枪子，那这个人非坦纳莫属。)

所以，随着读者情绪逐渐累积，我们该看到结局了——坦纳和瓦尔迪兹针锋相对……然后就这样结束了！就好像伦纳德在寄出手稿的时候把最后一页留在了打字机里。

64

顺便说一句，这是伦纳德有意为之。在一次采访中，他打趣说：“我对结局还是很满意的，尽管编辑可能会说‘这本书实在是完结得太唐突了’，我会回答：‘那也已经写完了啊。’”

恕我直言，虽然伦纳德的实力很强，但对于这个结局的看法，我是站在那位编辑一边的。整本书反复渲染坦纳的邪恶，读完之后，我迫切想看到他的下场。

现在，可能会有批评家认为《危险人物》是反西部类型小说，或是后现代西部类型小说，甚至是西部题材的严肃小说。随他们怎么说。

我认为它就是一部结局没写好的西部小说。

在这种作品里留一个开放式结尾，等于拿自己和读者在冒险。

不过，对于类型小说而言，仍然有方法通过开放式结局来开拓文学感觉。如果方法得当，甚至能使阅读体验得到有效提升，而非遭到破坏。

秘密在于，确保这种开放性与情节无关，而是与角色相关。

我第一次意识到这一点，是几年前读迪恩·孔茨（Dean Koontz）的《午夜》（*Midnight*）。这是一个关于生物医学的恐怖故事，是《莫罗博士岛》（*The Island of Dr. Moreau*）和《天外魔花》（*Invasion of the Body Snatchers*）的混合体。主角山姆·布克（Sam Booker）是美国联邦调查局特工，奉命调查一起发生在一个安静的海边小镇上的离奇死亡事件。故事塑造了一个令人印象深刻的反派和其他多个刻画精彩的角色。

孔茨做出了创作生涯中的一个重要决定——他一改原本直截了当的类型小说风格，提升创作难度，设计更为复杂的角色与主题。这招奏效了，《午夜》成为他第一部登上《纽约时报》精装畅销书榜首的作品。

孔茨所做的就是为山姆·布克创设了背景故事，包括他有个十几岁的问题儿子——斯科特（Scott）。山姆不擅长与他人建立深厚的私人关系，但经历了书中一系列恐怖事件，他与其他人物建立起了联系。他就像是变了一个人，鼓起勇气做一个好父亲。

于是，在所有的情节问题都得到解决之后，孔茨在最后一幕为我们上演了父子之间的戏码。本书的结尾是这样的：

> 山姆确信自己只是浮光掠影，没能真正理解儿子的
> 暴怒。山姆曾任由一股邪恶力量进入父子的生活，这股
> 力量充满了放纵与绝望，经由他传递给了儿子，如今再
> 想根除它，已经十分困难。他们还有很长的路要走，需
> 要几个月甚至几年的努力挣扎，无数次的紧紧相拥，绝
> 不放手。

> 斯科特提心吊胆，他看着特莎和克丽丝走进了房
> 间。她们刚刚也在哭。从她们的眼中，他读到了与自己
> 相同的判断——一切才刚刚开始。

> 无论如何，已经开始了。精彩还在后面。已经开
> 始了。

你会发现，最后一句话的表述是充满希望的。它给这个
开放式结局指出了一条向上发展的轨迹。如果孔茨把最后一
行划掉，这条轨迹就变成了中立的。这意味着，娴熟的创作
者可以在他们想要的位置结束一个故事，以达到预期的
效果。

最后一个例子，也是最耳熟能详的——斯嘉丽，那个出生在南方种植园的固执的美人。还记得她吗？在南北战争的余波中，她是家里唯一能够拯救家园的人。她会这么做，因为她想和自己的挚爱艾希礼过从前那种老派的生活，尽管她已经答应了放荡不羁的白瑞德（Rhett Butler）的求婚。当她最终意识到白瑞德才是自己爱的人时，一切已经太迟了。白瑞德受够了她，女儿的夭折更将二人的关系推向万劫不复。他不再关心她，决绝地离开了。但斯嘉丽下定决心，无论如何也要让他回到自己身边。但她会明天再考虑这件事，因为明天又是新的一天。

斯嘉丽会把白瑞德找回来吗？

我们不知道答案。这是留给我们的一个开放式结局，需要我们带着自己的情感与渴望做出回答。[这里我们就不讨论受玛格丽特·米切尔（Margaret Mitchell）遗产托管人授权续写的作品了。记住，有两件事绝对不能做：写《乱世佳人》的续作和重拍《卡萨布兰卡》。]

开放式结局的形态：

● （社会层面或心理层面的）命悬一线。生理层面的死亡不在其列，因为那是一个明确的结局。

● 有一场终极对决，但没有给出最终结果。

● 不过，作者会给出一条情节发展轨迹。

● 让人难忘的最后一句至关重要。

无论你是否列提纲，都至少应该明确结局的类型。这不难做到。不管你怎么写作，你都会对你的小说的走向有一种感觉——去往哪里或想去哪里。选定结局的形态，会使后续写作更加专注。当然，你可以在结尾改变结局形态。但通常情况下，你会发现自己最初的直觉是正确的。

惊悚小说作家约翰·吉尔斯特拉普有一组畅销的系列小说，主角是人质救援专家乔纳森·格雷夫（Jonathan Grave）。我曾经问约翰，他是如何列情节提纲的。他笑着说："坏人总是做坏事。乔纳森接受雇佣，这关系到个人利益。经过一系列事件，乔纳森最终获胜。"

这就叫——知道结局的形态。

第六章　结局的含义

你小说的含义究竟是什么？读者从中能得到什么信息？

我说的"信息"并非单指那些霓虹闪烁的宣传标语，比如说"世界现在需要爱——甜蜜的爱！"

并不是说这种信息不好，只要你愿意，同样可以围绕它来创作。但你必须将它融入一个真实、立体的角色里，并为这个角色设计一场关乎生死的正义之战。

出版商兼写作导师唐纳德·马斯（Donald Maass）说："杰出的小说家会认为，自己要说的内容，不仅有说的价值，更有说的必要。强大的小说家有着强大的观点。更重要的是，他们丝毫不畏惧将之表达出来。"［摘自《写出畅销书》(*Writing the Breakout Novel*)］

然而，这种表达必须通过真实的情节和真实的人物来实现。你要竭尽所能克制冲动，润物无声地流露出自己的观点。毁掉一部小说最简单的方式就是说教。

在《为灵魂而写作》(*Writing for the Soul*)一书中，小说家杰里·B. 詹金斯（Jerry B. Jenkins）说："我在许多手稿中发现了这个问题——所有的对话、角色和情节都刻意地指向同个观点，却很少能抓住读者，并且巧妙地说服他们。

如果你想表达一个'酗酒有风险'的主题，只需要在故事里讲一个酒鬼因为错误的抉择而遭遇的不幸，然后给予读者充分的信任。相信我，读者会明白的。只要你的故事足够有力量，主题会自然而然地呈现出来。"

在某些特定节点（无论是在小说的开头、结尾还是修改环节），你要能表达出希望读者理解的意思。就算你不喜欢"主题先行"，只打算取悦读者，也要明白：你的结尾总归传递着某种含义。因此，如果你能在特定节点对这种含义进行深入挖掘，会收到很好的效果。因为这样，你就可以在脑海中修改或润色结局的意味了。

一种有用的方法是——想想"人生经验"的概念。尝试这个练习：

时间来到小说大结局以后的二十年。让你的主角在椅子上坐下。如果主角碰巧死了，你要想办法让他复活，或者跟他的鬼魂对话。反正要让他坐下！

然后，像记者一样问这样的问题："回顾发生在你身上的一切，你认为是什么原因让你必须经历这些？你从中学到了什么？还有什么想告诉我们的?"

74

写下他的答案吧。

在神话故事架构中，这叫作"拿到灵药"。正如《作家之旅》（*The Writer's Journey*）的作者克里斯托弗·沃格勒（Christopher Vogler）所言：

> "拿到灵药"是英雄旅途中获得的最后奖赏。英雄被复活、净化并获得接纳，重新回到平凡世界，向世人分享旅途中获得的"灵药"。真正的英雄会带着"灵药"返回，用它治病救人或者修复受创的土地。"灵药"可以是一笔巨大的宝藏或一瓶魔法药水，也可以是爱、智慧，或者仅仅是在某个异世界的生存经验。即使英雄的旅途以悲剧告终，也能成为最好的"灵药"，因为它可以让读者更好地审视自我和这个世界（比如《公民凯恩》）。英雄可以展示"灵药"的好处，用它疗愈生理或精神上的创伤，又或者用它来完成平凡世界里很难完成的任务。"拿到"预示着是时候安排奖赏或惩罚了，也是时候用狂欢或婚礼来庆祝旅程的结束。

你的主角给社会带来了什么"灵药"（教训）？

关于 "前提的操控" 的注解

也许只有我这样，但我从来没有接受过"预设"这个概念。有些写作教师坚信这一点。事实上，詹姆斯·N. 弗雷（James N. Frey）在他的《劲爆小说秘境游走》（*How to Write a Damn Good Novel*）① 一书中，主张作者必须屈服于前提的"操控"。

那什么是"前提"呢？这其实只是作者对主题或含义的另一种表述方式——一种由价值观冲突引发的关乎伦理的命题。拉约什·埃格里（Lajos Egri）在《编剧的艺术》（*The Art of Dramatic Writing*）中举了如下例子：

愚蠢的慷慨导致贫穷。

玩弄诡计会自掘坟墓。

挥霍无度导致一贫如洗。②

---

① 本书于 2015 年 7 月由中国人民大学出版社引进出版。——编者注
② 译文摘自：埃格里. 编剧的艺术. 高远，译. 北京：北京联合出版公司，2013：7. ——译者注

诸如此类的例子还有很多。你知道这听起来像什么吗？像一部精编版的主角人生经验。还有像"灵药"之类的东西。

在开始写作之前，需要提前知道结局的含义吗？我猜有的作者喜欢从确立"前提"开始，但说实话，我遇到的这种情况并不多。这太像为了证明某件事而写作了，这样的小说通常显得过于刻意或失于平衡。这大约是我反对"前提"一词的主要原因。还有"操控"这个词。谁喜欢被操控？写作已经够难的了。

说句公道话，弗雷和埃格里并非主张在写作之前确定"前提"，而是主张在写作或修改的过程中找到它。

我更喜欢"人生经验"这个说法，因为它让小说中人物的挣扎听起来更加真实。

试一试

找出你最喜欢的三部小说，从学习人生经验的角度总结出它们的主题，看看是不是主角表达的意思。

第七章　头脑风暴的结局

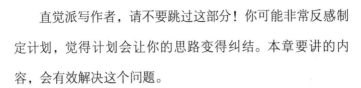

　　直觉派写作者，请不要跳过这部分！你可能非常反感制定计划，觉得计划会让你的思路变得纠结。本章要讲的内容，会有效解决这个问题。

　　在我的写作生涯中，我不止一次地因为脑海中出现了一幕精彩的戏剧高潮而想着手写一部小说。我甚至构想过法庭对证、奇特死亡、角色间情感共鸣等场景。

　　我曾经写过一个完整的剧本，起因是在听《人鬼情未了》的主题曲《锁不住的旋律》（*Unchained Melody*）时，脑海中浮现出父子和解的场景。那幕场景对我的影响太大了，我写这个剧本只是为了弄清如何才能达到那种效果。

　　我写完剧本并把它寄给了埃德·哈里斯（Ed Harris），但他一直没有回音。这很遗憾，他本可以凭我的剧本获得一个奥斯卡最佳男主角奖的。

　　嗯哼。

　　当然，你会发现，这比知道结局的形态（如第五章所讨论的）更进一步。它更明确，对作者而言也更富感染力。

　　情感是小说的强大驱动力，所以你的故事中情感元素越多越好。

请记住，一个明确的结局不是一成不变的，它随时可能毫无预兆地发生改变——在没有预先通知的情况下改变。但它点燃的内在激情会帮助写作水平的提升。

此外，在开始写作前有一个明确的结尾，会打开各种类型故事、场景的建构思路。头脑风暴式结局是作者的意志在向外传递信息，说这里有一些藏在深处的东西需要挖掘探索！

阿尔弗雷德·希区柯克（Alfred Hitchcock）的经典作品《西北向北》（*North By Northwest*）之所以诞生，是因为希区柯克构想了一幕穿越拉什莫尔山总统雕像的追逐场景。他聘请了一位著名的编剧恩斯特·莱赫曼（Ernest Lehman）来落实这一构想。而他真的做到了。

我曾听推理小说作家说过这样的话：**我只是写作。我写的时候并不知道谁是杀人凶手，因为如果连我都不知道谁是凶手，那么读者肯定更不会知道。**

虽然这种观点听起来合乎逻辑，但它是建立在错误的二分法之上的。你知道凶手是谁，这并不意味着读者一定会发现线索。写推理小说的技巧在于隐藏信息、转移注意和巧妙揭露。你不可能仅仅因为事先不知道谁是坏人而实现上述目的。

我们只能说，这种说法多少是很对直觉派写作者的胃口的。如果你的初稿是为了探寻答案而写，你是可以这么做；一旦你寻到了答案，那你必然面对巨大的重写工作量。

这是一种方法。

另一种方法是知道你的结局，所以就可以在整个过程中巧妙而有目地植入线索和转移注意力。

这并不意味着小说动笔之前要列出完整提纲。以反转见长的惊悚小说作家哈兰·科本（Harlan Coben）就从不列提纲。他曾说，知道结局的写作，"就像开车从新泽西到加利福尼亚。我可能走 60 号公路，也可能经过麦哲伦海峡，或者在东京停留……但我最终会到达目的地"。

那么，该如何头脑风暴出一个结局呢？

我喜欢借助音乐。正如前文中提到的，那部因为未能投拍而给好莱坞影史留下遗憾的伟大作品，它结局的灵感来源就是一段音乐。

我对电影原声有偏爱。我把它们按情绪做了分类——诚挚的、悬疑的、动作的、爱情的，等等。我经常边听音乐边描写场景和描绘人物，在头脑风暴式地构思结局时更是如此。

随着音乐响起，闭上眼睛，让电影画面在你的脑海中展现。不要停，就看着它。让你的角色自由发挥，让他们进入不同的设定状态。最终，总有一个场景会深深打动你，那时就可以停下来，快速记下这个场景。

其他音乐也如此操作。

很快，你就会得到一个列表，上面记录着可能的结局。哪一种影响最深？你不必对它进行完整的阐释，这不需要。创作的方向——这才是你所需要的。

如果你是一名策划派写作者，你可以在写提纲的时候就在头脑中构建这个结局。

如果你是一名直觉派创作者，结局会在很远的前方等着你，防止你走到悬崖边。

还有一个应该进行头脑风暴的节点，那就是在书快要完成的时候。

也许你原来的结局仍然奏效，但这样做可能产生一个额外的亮点。不妨试试！

如果你不知道怎么做，那么就用我的SBAD创作法：沉浸（Stew）、酝酿（Brew）、积累（Accrue）、写作（Do）。

出于写作教师的职业责任，请允许我详细讲讲这种创作法，因为它对我的确有用。但因为我不是从事专业研究的博士（我也没有在电视上扮演过此类角色），我建议你保持怀疑态度试试看，然后根据你的需要进行调整。

沉浸

当我的小说写到最后五十页时，我基本清楚它的结局会是怎样的。我从一开始就在脑海中预设了一个结局，这是情节构思的一部分。

但随着小说的推进，其他想法浮出水面。这是无可奈何的，事实上却是一件好事。直到开始动笔，你的草稿才有了生命，产生出此前未曾预想到的内容。

所以，当创作进入最后阶段，我会根据写作过程中草草写下的笔记，对结尾进行修改。

我小说的最后的路标是——Q 元素、终极对决、转换、共鸣。（这种路标写作法，我在《超级结构》一书中有详细说明。）

我开始进入沉浸状态，纯粹只是动脑筋。我离开键盘，在自己想象的世界中四处闲逛，仔细观察周围的情境，不去打扰这一切的自由发挥。

每当开始写这些东西的时候，我都会做一次深度沉浸。我会坐下来，花一个小时或者更久的时间集中精力思考终场。我会思考所有需要完成的事情，比如串连起零碎线索和主题画面、展示主角的转变。我会做笔记，通常是手写笔记，因为这样做会调动大脑其他部分的功能。

当这个环节结束，我的笔记里就有了种类丰富的素材以供选取。我要让自己冷静下来。

酝酿

我接下来要做的，就是把所有的想法都抛到一边，戴上耳机，打开 iTunes，然后好好地散散步。这次散步对潜藏在脑海深处的想法来说，是一次可以在我放松的时候出来展示自我的机会。

散步不是漫无目标的，目标是当地的一家咖啡馆。如果你的步行可达范围内没有这样一家咖啡馆，就开车到咖啡馆附近，然后下车在附近几个街区转转，回到咖啡馆再继续酝酿。

我点了一杯意式特浓咖啡。我突然意识到，对有些人来说，他们平时不喝咖啡，或者认为咖啡豆的刺激在某种程度上无效，甚至不健康。当然，你也可以多喝点，就像可怜的老巴尔扎克一样，在 51 岁那年因为一天到晚泡在浓咖啡里而死于咖啡因中毒。

但我喜欢偶尔来点咖啡因刺激一下。我相信现在主流的观点是，适量摄入咖啡因对健康有益。我就这么做，科学观点改变时再说。

我在桌旁坐下，花几分钟喝完咖啡，然后拿出笔记本和笔。

积累

现在，我集齐了所有的想法、画面、对话片段，以及潜意识里冒出的任何其他东西。我喜欢在纸上画，因为可以涂鸦、可以做思维导图。当我记下想法时，有些想法会与其他想法联系起来，我只要在它们之间连一条线就可以了。

举个例子。这张局部图，是我在完成僵尸律政惊悚片《我吃了警长》（*I Ate the Sheriff*）结局时涂鸦的。

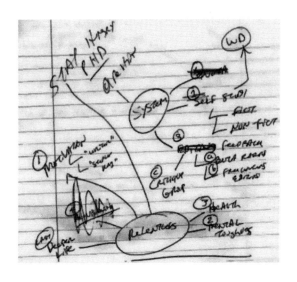

注意我添加的数字。在这个环节结束后，我才给场景排序。这是我最后五十页的提纲。

写作

现在，我回到键盘前准备开写，用最大的热情完成最后几页。对我来说，所有的沉浸、所有的想法、所有的思维导图都汇集在了一起。我尽自己最大的努力，直到给整篇文稿加上最后一个标点符号的那一刻，我才能满意。

我可能会花一天或几天的时间完成最后几页，但我会尽可能及时地完成它们。

也许我应该加上最后一个阶段，叫它"欢呼"。这是完成初稿后的庆祝的时刻，我知道在接下来至少六周的时间里不用去想它了。我通常会给自己留出一段时间远离初稿，然后进入修改阶段。我会先通读一遍打印件，做少量笔记，然后把手稿交给一些试读的读者，然后进入第二稿的修改阶段，再然后是最终润色。

　　之所以提到润色，是因为创作结尾还有最后一步，我会留到修改过程的结尾来完成。

　　它是与读者产生共鸣的最重要的元素，这是我们下一章的主题。

第八章 | 引起共鸣的结局

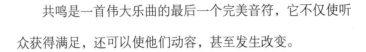

共鸣是一首伟大乐曲的最后一个完美音符，它不仅使听众获得满足，还可以使他们动容，甚至发生改变。

就像一部小说，完美的结局可以成就它，甚至可以让它成为难以忘怀的记忆。

《窗里的女人》（*The Woman in the Window*）是 A. J. 芬恩（A. J. Finn）所著的超级畅销惊悚小说。主角是安娜·福克斯博士（Dr. Anna Fox），她是一位著名的儿童心理学家。现在，她独自一人生活，因患有严重的广场恐惧症而害怕外出，这源于她一年前遭受的创伤。有一段情节很容易让人联想起希区柯克的电影《后窗》（*Rear Window*）。在这段情节中，安娜在邻居的窗户里看到了一些令人不安的东西，悬念就此产生。这里我不会透露情节转折，因为在一系列事件发生后，一切都结束了，我们仍想知道安娜是否能走出现在的困境。我想要强调的是小说最后几行。最后，她的朋友兼理疗师比娜（Bina）试图哄安娜出门。

> 她松开我的手，径直走向花园，在雪地上留下了一串脚印。她转过身向我招手。

"快来。"

我闭上眼睛。

又睁开。

随后步入了光明。

你可以发现，在大多数情况下，惊悚故事中最后一句台词所引发的共鸣与角色的内心活动相关。理应如此。这里有一种转变，一种力量的增强。注意"光"这个词。它有着重大意义，就像"灵魂"一样。

在《教父》中，迈克尔证明自己变成了可以对着妻子的眼睛撒谎的一个冷血的黑手党头子。这一片段结束，我们迎来了故事的尾声。

一年后。凯带着两个孩子离开了迈克尔，因为她发现他在卡洛·里齐被杀的事上对她撒了谎。家族律师汤姆·黑根来拜访她，向她解释了迈克尔这么做的原因：他遭到了自己信任的核心集团成员（萨尔瓦多·泰西奥）的背叛，卡洛也曾参与谋划对桑尼的暗杀，他们都威胁到了家庭和孩子。

凯接受了这一切，并做出艰难的决定，回到了迈克尔身边。

最后，她进入天主教堂接受圣餐：

> 她洗清罪孽，这个哀求者蒙受神恩，垂下头，交叠双手，放在圣坛栏杆上。她挪动重心，减轻身体对膝盖的压迫。她排空所有思绪，忘记自己，忘记孩子，忘记所有的愤怒、所有的反抗和所有的疑问，然后，她怀着发自肺腑的恳切愿望——渴望相信，渴望上帝能听到她的心声——为迈克尔·柯里昂的灵魂念诵必不可少的祷词，卡洛·里齐被杀后的每一天都是这样。[①]

这里的共鸣是建立在"灵魂"和"祈祷"这两个词上的。它们是完美的结束语。

再来看《杀死一只知更鸟》（*To Kill a Mockingbird*）的结局：

> 他关了灯，回到杰姆的房间去了。整个晚上他都会

---

① 译文摘自：普佐. 教父. 姚向辉，译. 南京：江苏文艺出版社，2014：491.——译者注

待在杰姆身边。早上杰姆醒来时，他也会待在杰姆身边。

为了获得这样的共鸣，我们需要总结一些经过时间检验、一直有效的最终场景的形式。常见的形式有以下几种。

"走进夕阳"

《卡萨布兰卡》的共鸣来自"走进夕阳"的漫步（虽然实际上是走进了夜雾之中）。这是对一种结局的隐喻，即在所有的麻烦都解决之后，一个人物像西部英雄一样"策马离去"，奔向夕阳。它给我们一种圆满的感觉，这种感觉可能充满希望，也可能苦乐参半。

它给人的感觉可以是希望，也可以是悲伤。

《卡萨布兰卡》给了我们希望。比如瑞克的"起死回生"——瑞克原本活得像行尸走肉，但伊尔莎回来了，过去的事情和瑞克精神上的死亡都烟消云散。当他和路易一起离开，情绪推向最高点——雾蒙蒙的机场好似云朵，机场灯光如繁星点点。

基亚姆·波托克（Chiam Potok）的《我叫阿瑟列夫》（*My Name is Asher Lev*）的"走进夕阳"式结尾，给读者留下了苦乐参半的感觉。故事发生在 20 世纪 50 年代布鲁克林的一个犹太教哈西德派社区。故事结尾，整个社区（包括阿瑟列夫的父母）对他的艺术作品反应冷淡，以至于当地的先生告诉他，他不能再和他们住在一起了，因为他伤害了太多的人。

阿瑟列夫的父母很伤心，但也知道这是必然的。阿瑟列夫也是。他不得不在自己的出身和前途之间做出选择。小说以此结束：

> 我从公寓里出来，外面又冷又黑。我抬起头，看见父母站在客厅的窗口。我叫了一辆出租车，钻了进去。它慢慢地离开了路边。我在座位上转过身，从车的后窗向外望去。我的父母仍在透过我们客厅的窗户看着我。

美丽而令人心碎的只有一个词——我们。阿瑟列夫仍然把那间公寓当作自己的家，但他再也不能留在那里了。

这就是为什么，恰到好处的词语对可以产生共鸣的结局而言至关重要。

波托克的结局和查尔斯·威伯（Charles Webb）的《毕业生》（*The Graduate*）的结局有相似之处——一个不确定的未来，以及一个必须抛诸脑后的过往。电影的结尾和书中一样：一辆公共汽车"走进夕阳"，车里坐着本杰明·布拉多克（Benjamin Braddock）和他的穿着婚纱的新婚妻子伊莱恩·罗宾逊（Elaine Robinson）。

等等，发生了什么？

伊莱恩刚刚嫁给了卡尔·史密斯（Carl Smith）。但是，本杰明冲进了教堂，跑到阳台上大喊："伊莱恩！"

伊莱恩的反应是跟着本杰明一起跑出教堂。他们追上了一辆刚启动的公共巴士。本杰明用力敲门，司机让他们上了车。他们走到车厢尾部，包括司机在内的所有人都盯着他们看。

"开车！"本杰明从座位上站了起来，"开车！"

司机犹豫了一下，慢慢坐回驾驶座。他扭动排挡，

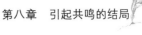

车子向前移动。本杰明这才坐回原处。

伊莱恩仍在努力调整呼吸，侧过脸凝视着本杰明。

许久，她才伸出手，握住了他的手。

"本杰明。"她轻喊着。

"嗯。"

巴士悄然向漫漫的道路驶去。[①]

这就是这部苦乐参半的小说的完美结局。这对情侣"走进夕阳"，但对未来没有任何把握。

首尾呼应

这适用于框架故事小说。框架故事小说是指从现在开始，由叙述者讲述过去发生的故事的小说。它以现在的某个场景或时刻结尾，给人一种重回原点的感觉。

斯蒂芬·金的《绿里奇迹》（*The Green Mile*）就是这样

---

① 译文摘自：威伯．毕业生．刘明利，译．海拉尔：内蒙古文化出版社，1998：246 - 247. 此处与原文略有出入。——译者注

99

一部小说。故事从现在开始。在一家疗养院里，叙事者保罗·艾治科姆（Paul Edgecombe）回忆起 1932 年，他那时在一家监狱的死囚牢房里担任监狱长。这是关于一些死囚的故事，但其中着墨最多的是约翰·柯菲（John Coffey）——一个因杀害了两个白人女孩而入狱的高大黑人的故事。在讲述了这些非同寻常的事件之后，故事叙述回到现在，来到了终场——年迈的艾治科姆正在讲述故事。

框架故事要想获得令人满意的结局，可以通过直接的叙述来呈现，就像在《绿里奇迹》中：

> 我把这些稿纸重新看了一遍，我那满是斑点的手颤抖着一页一页地翻去，不明白在那些表达崇高和高尚思想的书里是否真存在什么意义……有时候，我在瞌睡中看见雨中那座立交桥，约翰·柯菲站在桥下的阴影里。在这样片段式的梦境里，我决没有看花眼，肯定是他，是我的大块头，他就站在那里看着。我躺着，我等着。我想到詹妮丝，想到我失去了她，她在雨中浑身鲜红，从我手指缝里消失了，我等着。我们都得死，没有例

外，这我知道，但上帝啊，有时候，这条绿里真的太长了。①

框架故事也可以用一段能引起共鸣的对话结束。威廉·戈德曼（William Goldman）在小说《公主新娘》（*The Princess Bride*）中使用了一种框架结构——用一种小说化的方式描述了他现在的生活，以及他与摩根斯坦（S. Morgenstern）充满"真爱和冒险"的童话般的历史。戈德曼的电影剧本中有一个更能说明问题的框架故事。故事的开头，由彼得·福克（Peter Falk）饰演的祖父被叫去给由弗莱德·萨维奇（Fred Savage）饰演的体弱多病的孙子读书。男孩对此并不感兴趣，但答应会尽量保持清醒。

"非常感谢，"祖父说，"你的信任让我受宠若惊。"

于是，他开始朗读，故事在我们面前展开。每隔一段时间，男孩就会突然打断，我们也会暂时回到当下时段，然后再回到芭特卡普（Buttercup）公主、维斯特雷（Westley）、

---

① 译文摘自：金. 绿里奇迹. 张琼，张冲，译. 上海：上海译文出版社，2007：441 - 442.——译者注

巨人菲兹克（Fezzik）和英尼戈·蒙托亚（Inigo）的故事。

当然，在故事中，农场男孩维斯特雷与芭特卡普公主初次见面时，只是毕恭毕敬地回答"遵命"。

故事以那个著名的吻结束。祖父解释说："自从吻被发明出来，有五个被评为最热情、最纯洁的吻。这个吻排在第一，遥遥领先。结束。"

现在，我们回到开始的场景，完成框架。祖父告诉小男孩该睡觉了。正要离开房间时，小男孩叫了祖父一声："爷爷，也许你明天可以过来再给我读一遍。"

祖父眨了眨眼睛，回答道："遵命。"

"啊！"和"哎呀！"

设计一个可以引起共鸣的结局，还有一种方式，就是使用"啊！"或"哎呀！"。这两个词描述了读者完成阅读后的感受。故事用大团圆的结局令读者获得满足，或者暗示没有最糟、只有更糟的事情即将发生。

啊！

引发"啊！"感慨的结尾，是最后一幕和完美的最后一句相结合的结果（如《卡萨布兰卡》）。

迈克尔·康纳利（Michael Connelly）的《失落的光》（*Lost Light*）是"哈里·博斯"（Harry Bosch）系列中我最喜欢的一部。在小说结尾，博斯发现自己有一个女儿，她由博斯的前妻埃莉诺（Eleanor）所生。这显然是一个惊人的发现。这就引出了这段话：

> 我体内的两颗火箭腾空飞起。一条留下红色的尾迹，另一条留下的则是绿色。它们飞向不同方向。一边是愤怒，一边是温暖。一个通向心灵的黑暗深渊——一个落入魔鬼的潘趣酒盆，里面装满了指责和仇恨，可以把我整个吞没。另一个则远离了这一切。这是通往天堂的路，有明亮、幸福的白昼和黑暗、圣洁的夜晚。它指向消逝的光照来的地方。我的消逝的光。

在小说中，矛盾的情感往往是一种很好的推动情节的方

式。它在读者心中撩拨起情感的激荡,告诉我们这是人物至
关重要的时刻。

对哈里·博斯来说,没有比这更重要的了。

我知道我可以选择一条路,但不能两条都走。我抬
头看看那个女孩,又看看埃莉诺,她含泪微笑着。那时
我就知道该选择哪条路了,关乎内心的事是没有尽头
的。我走上前去,蹲在女孩面前。我从和年轻的目击者
打交道的过程中知道,最好的交谈方式就是在同一高度
和他们对话。

我对女儿说:"你好呀,麦蒂。"

她转过脸去,把脸塞进了妈妈的腿缝间。

"我太害羞了。"她说。

"没关系,麦蒂。我也很害羞。我可以拉拉你的
手吗?"

她松开母亲的手,向我伸出手来。我接过它,她用
她小小的手指捏住我的食指。我朝前倾身,直到膝盖触
地,脚跟向后一靠。她偷偷看向我。她看起来并不害

怕，只是有些拘谨。我抬起另一只手，她也伸出了另一只手，手指也以同样的方式缠着我的那只手。

我倾身向前，举起她的小拳头，按在我紧闭的眼睛上。在那一刻，我知道所有的谜团都解开了。我回家了。我得救了。

这是惊悚或犯罪小说中个人结局的典型例子。当主要情节结束时，一个关于主角个人生活的次要情节随之得到呈现。

如果能做得像康纳利一样好，创造出的感觉将会令人十分满足。就像作者在说，无论这个世界有多糟糕、多黑暗、多邪恶，都有安全、解脱、和平的可能。

哎呀！

引发"哎呀！"感慨的结尾，通常意味着更多麻烦即将到来，甚至比预想中的还要多。剩下的就需要读者自己脑补了。

路易·拉摩（Louis L'Amour）的畅销书《最后的勇士》

（*Last of the Breed*）讲述了这样的故事：冷战期间，有一半苏族血统的美国空军飞行员乔·马克（Joe Mack）被苏联人俘虏并囚禁在西伯利亚。苏联上校阿卡迪·扎马特夫（Arkady Zamatev）的任务，就是从马克那里榨取情报。

他逃了出来，但这样做看起来十分愚蠢，因为西伯利亚的冬天到了。马克怎样才能活下来？

因为他是最后的勇士，他的印第安技能在求生过程中发挥了作用。

扎马特夫派遣了与马克类似的俄罗斯雅库特人阿廖欣（Alekhin）去追踪他。这本书就是围绕二人的周折往返的路程、死里逃生的经历和数不清的尸体展开。

最后，在书的结尾，阿廖欣和马克正面对峙，是时候决一死战了。

拉摩将情节切换到了最后一幕——扎马特夫上校的视角。他收到了一件用布包裹着的东西。

是一张被剥下的头皮。

里面还附有一条写在桦树皮上的字条。上面写着：

这曾经是我们民族的习惯。在我的一生中，我要剥
下两张。

　　这是第一张。

哎呀！

　　恐怖类型小说中，"哎呀！"结尾的出现顺理成章。还有
谁能比斯蒂芬·金的作品更能说明问题呢？

　　正如本书前面概述的那样，在《宠物公墓》的结尾，路
易·克里德孤身一人，正在玩单人象棋，这时后门开了。路
易甚至没有回头。一个"缓慢、沙沙的脚步声"越来越近，
在他身后停下了。

　　　一只冰冷的手落在路易的肩上。蕾切尔的声音沙哑
浑浊。

　　"亲爱的。"它说。

是的，路易·克里德找回了他的妻子。

但是……哎呀！

结尾转折

在《惊悚小说写作》（*Writing a Thriller*）中，安德烈·朱特（André Jute）将结尾的转折描述为"次要的、意想不到的高潮，通常会颠覆读者原本相信的一切"。

我开始写作的时候，曾经非常看重那些已经出版作品的作家笔下的这种转折处理，但现在，我知道这是一种更容易的技巧，至少比恰当地安排和控制倒叙要简单得多。你只需要把第二喜欢的结局作为结尾的转折，然后返回前面植入几个线索，使这一转折成立，就可以了。这样既没有欺骗读者，也没有忘记隐藏其他过于明确的线索。因为使故事情节太容易被读者理解，是写作中另一个禁忌。

朱特给我们在这里展示了技巧。当你在为结尾的实际内容展开头脑风暴时（还记得本书前面提到的"沉浸—酝酿—积累—写作—欢呼"吗？），要想出第二种、第三种甚至第四种可能性。如果其中一种似乎是最好的，就使用它。不过，接下来，就像朱特建议的那样，将第二好的那种用作结尾的转折。

伏笔

结局的共鸣可以通过伏笔变得更加有力。LiteraryDevices. net 网站给这个词做出的定义非常到位：

> 伏笔是一种文学手法，作者提前暗示故事后面会发生什么。伏笔通常出现在故事或章节的开头，帮助读者建立起对故事中即将发生的事件的预期。伏笔有多种设计方式。
>
> 作家可以通过人物对话来暗示即将发生的事情。此外，故事中的任何事件或行为都可能向读者暗示未来的事件或行为。
>
> 当这种暗示最终发挥作用时，其触动情感的效果是非常好的。

这就是为什么我发明了一种技巧，并称之为反对转换的论点。这是我的 14 块故事结构路标之一。简单地说，让你的主角在第一幕的某个时候表达一个关于他自己或生活的想法，而这个想法与结尾事态的发展方向相反。

在《卡萨布兰卡》中，瑞克声称自己不为任何人冒险，最后他却为伊尔莎和维克多挺身而出。

我们从《生活多美好》（*It's a Wonderful Life*）的结局中学到了怎样的人生哲理？那就是，如果一个人待在自己的家乡，在生活中帮助邻居，他就不是一个失败者。但年轻时的乔治·贝利（George Bailey）不这么认为。

在关于乔治少年时代的倒叙中，我们看到他在药店工作。玛丽（Mary）和维奥莱特（Violet）也在药店。乔治告诉她们，自己将来会成为一名探险家，并明确表示自己会有一个"后宫"，可能娶三四个妻子。

结局引发的共鸣因此更加强烈了——他只有一个妻子，并且他深爱着她；他还有一个深爱着自己的家乡。

所以，如果这个角色最后变成了一个更好的自己，那就让他在一开始表达相反的观点。经典美国电影《码头风

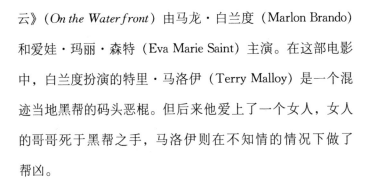

云》（*On the Waterfront*）由马龙·白兰度（Marlon Brando）和爱娃·玛丽·森特（Eva Marie Saint）主演。在这部电影中，白兰度扮演的特里·马洛伊（Terry Malloy）是一个混迹当地黑帮的码头恶棍。但后来他爱上了一个女人，女人的哥哥死于黑帮之手，马洛伊则在不知情的情况下做了帮凶。

影片的主旨是：特里·马洛伊是否有勇气向码头犯罪委员会揭发暴徒，从而让自己置身险境。基于对伊迪（Edie，爱娃·玛丽·森特饰）的爱，以及对由罗德·斯泰格尔（Rod Steiger）饰演的伊迪的哥哥查理（Charley）的被杀的愧疚，他最终迈出了这一步。

但是在第一幕中，当他和伊迪一起喝啤酒的时候，他主张完全相反的观点。伊迪说"你得关心别人"。而特里却说她脑子不正常。他认为，唯一要做的事就是想尽一切办法活着，与"正确的"人打交道，这样你的"口袋里就有叮当作响的零钱"了。

伊迪说，那样活得就像个牲口。特里耸了耸肩，说："我宁愿活得像牲口一样，也不愿意死得像……"

他突然意识到，他正要说出她死去哥哥的名字，于是停了下来。她替他补充道："就像乔伊？你害怕提他的名字吗？"

在影片的结尾，特里知道了坏人有多可恶，而人性要求他站出来对抗他们。

由于我们知道特里做出了多大的改变，因而这一切就更有感染力了。

以下是需要强调的另外两种形式的伏笔：

对话

开场的一段对话，可以再次作为整本书的最后一句，形成重磅冲击。威廉·林赛·格雷沙姆（William Lindsay Gresham）发表于 1946 年的《玉面情魔》（*Nightmare Alley*）是迄今为止最令人惊叹的黑色小说之一。故事主角斯坦·卡莱尔（Stan Carlisle）是一个在狂欢节上伪装成魔术师的骗子。狂欢节上有一个形象怪诞的人，人们叫他"怪物"。这是一个会把鸡头活活咬下来的野蛮人。

在第一章中，斯坦问马戏团老板是怎么找到这么个人的。老板实话告诉他——不是你去找他们，而是你去培养他们。你找到一个酒鬼，一个霉运走到家的酒鬼，然后……

　　"……你这样告诉他：'我有个小活儿要给你做。这
是一份临时工作。我们要找个新的怪物。所以，在找到
这个人之前，你先穿上怪物的衣服，假装他。'"

换句话说，就是用一把隐藏的剃刀划破鸡的脖子，并假
装喝了血。（是的，那时候确实有这样的"表演"。）

马戏团老板继续说：

　　"好吧，他这样干一个星期，你就得保证定期给他
买瓶酒，还要给他找个地方睡觉。他喜欢这种待遇。这
就是他认为的天堂。所以一周后，你这样对他说，你
说：'好吧，我要找一个真正的怪物了。你可以走了。'
他听到吓了一跳，因为没有什么能比断了酒水供应更让
一个酒鬼感到恐慌了……你讲这些话的时候，留给他时
间考虑。然后把鸡扔过去，他就变成真正的怪物了。"

小说的其余部分，是关于斯坦·卡莱尔的人生起落。他
开始从事起了巫师行当，从失去亲人的人们那里骗取钱财。

这让他付出了巨大的精神代价。在这本书的结尾，斯坦成了一个流浪的醉鬼。一天晚上，他喝得烂醉，浑身脏兮兮的，踉踉跄跄地走进了另一位狂欢节经理的办公室。他想表演看手相，但经理对此不感兴趣。相反，他发现了别的契机。经理给了斯坦几瓶酒。书中最后几行写道：

> 那个酒鬼已经回到了椅子上，身体前倾，两手交叉抱在胸前，手肘支在椅子扶手上，耷拉着脑袋，说："嘿，先生，在……我走之前再……考虑一次……如何？"
>
> "嗯，不必了。但我碰巧想到了一件事。我有一份工作，你可以试一试，赚得不多，我也不强求你接受，但总归是份工作，可以让你有咖啡喝、有蛋糕吃，偶尔还能喝一杯。你觉得呢？当然，这只是临时的——直到我们找到一个真正的怪物。"

图像

视觉图像在小说中的作用非常强大，尤其是用作伏笔的

时候。我的小说《天堂一瞥》（*Glimpses of Paradise*）是关于美国中西部高中的两个孩子的历史故事，记录了从第一次世界大战前夕一直到 1920 年代初发生在好莱坞的故事。

泽伊·米勒（Zee Miller）是一个来自贫民区的活泼女孩。道尔·劳伦斯（Doyle Lawrence）是一个体面人家的儿子。道尔的家人告诉他，泽伊配不上他。但是，他情不自禁地爱上了她。

在第一章中，泽伊和道尔在镇上的公园里争吵。突然，泽伊脱下鞋子，爬上了树。道尔喊她下来。她说他是个令人扫兴的人。他威胁说要爬上去追她，希望她能示弱。

> 相反，她咯咯地笑了起来，他看见她把手臂伸向天空。这是一种多么充满活力和自信的姿态，这让道尔愣住了。真是胆大无礼！她不害怕摔倒，也似乎不害怕任何事情。更不要说他的追逐了。
>
> 一股冲动蔓延至道尔的全身，他开始往树上爬。泽伊仍然笑着，爬向更高处的树枝。

在书的最后，泽伊牺牲生命将道尔从暴徒手中救了出

来。最后一章发生在四年后。道尔和他的家人——妻子莫莉
(Molly) 和小女儿伊莎贝尔（Isabel）回到了这个公园。此
时，道尔的妹妹格蒂（Gertie）跑了过来：

> 她摇着头，指着说："道尔，过来。"
>
> "这是谁?"
>
> "你的女儿。她在树上!"
>
> 道尔站定，看着格蒂指的地方。事实上，伊莎贝尔
> 已经爬到树的一半高了。道尔的脑海里涌起了回忆。这
> 就是多年前他们一起在公园里时，泽伊·米勒曾经爬过
> 的那棵树。他就在她眼皮底下，从那棵树上摔了下来。
>
> "你打算怎么办?"格蒂问。
>
> "什么都不做。"
>
> "什么都不做? 她如果摔下来呢?"
>
> "她不会摔下来的。"
>
> 这时，伊莎贝尔的声音从树上传来。"爸爸! 妈
> 妈! 看!"
>
> 莫莉冲到道尔身边问："你认为她会没事吗?"

道尔搂着妻子说："我知道她会没事的。"

"看!"伊莎贝尔·劳伦斯大声叫着,将手伸向了天空。

试一试

● 一旦确定了结尾,就回到第一幕,从早期场景中找一个时刻,让人物在这个时刻奉行与结尾相反的原则。最好通过该人物与另一个人物的对话来实现。

● 反复斟酌最后 250 个词,尤其是最后几句话。不要只追求正确的结尾,也要追求正确的语调。把小说的最后 100 个词分成几行,每行 4 到 5 个词,把它们变成一首诗。编辑这首诗,然后把诗句重新组合起来。

● 设想一幅图像或一段对话来结束你的小说。选择小说开头的几页里出现过的图像/对话,或先在结尾处完成图像/对话的设计,再返回开头,将其植入进去。

第九章　避免结局落入俗套

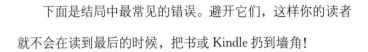

下面是结局中最常见的错误。避开它们，这样你的读者就不会在读到最后的时候，把书或 Kindle 扔到墙角！

解围之人

在拉丁语中，**解围之人**（deus ex machine）的字面意思是"天外救星"。正如《大英百科全书》（*Encyclopedia Britannica*）解释的那样：

> 这个词最早出现在古希腊和罗马的戏剧中，它的意思是神及时出现来解开或解决情节困境。"解围之人"因神在天空出现而得名，通过来自高处的帮助而实现目的（希腊语：mēchanē）。这个引人注目的设置可以追溯到公元前 5 世纪；神出现在了索福克勒斯（Sophocles）的《菲罗克忒忒斯》（*Philoctetes*）和欧里庇得斯（Euripides）的大部分戏剧中，都通过神的干预解决了危机。

> 自古以来，这个短语也被用于形容意想不到的救世

主，或使混乱重新恢复秩序的不可思议的事件（例如，美国西部电影中骑兵的到来，及时避免了悲剧）。

之所以说这是错误的，是因为读者希望主人公能够凭借意志力克服困难（或在尝试中死去）。对方意外或不正当的干预，是对这一默认的保证的背弃。

这个意外也可能是另一个人物或某一次巧合恰恰出现在正确的时间，并不是要禁止其他人物或力量及时现身，挽救主角于危局。它其实意味着**主角必须为本书前面提到的这种干预设定好条件和动因。**

电影《亡命天涯》中的逃犯理查德·金保被芝加哥警方盯上了，警方一看到他就会直接开枪。是美军副元帅山姆·杰拉德（Sam Gerard）最先找到并救了他，但他这样做的原因直到故事的后半部分才揭晓。杰拉德的行为表明他曾遭受芝加哥警方的粗暴对待。尽管杰拉德秉持"我不在乎"的处事原则，但他还是做不到放任这件事发生。他发现芝加哥警方不太愿意透露消息。

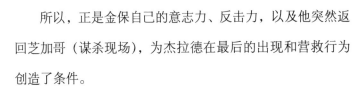

所以，正是金保自己的意志力、反击力，以及他突然返回芝加哥（谋杀现场），为杰拉德在最后的出现和营救行为创造了条件。

这一节很简单：没有哪种巧合能让你的主角免于接受终极决斗的考验，也没有任何其他角色能做到这一点，除非主角提前安排好了合适的外部条件。

未知结局

对于一位写悬疑或惊悚小说的作家来说，写到最后，手稿还是结局未知的状态，这再正常不过了，尤其是当这位作家自称是直觉派的时候。比如，你在写作一个传奇故事时埋下了很多线索和干扰信息。在书的结尾，侦探拆穿了一切，除了一些书中发生时间较早的事情。他根本无从知晓那些消息。

你能做什么？解决办法很简单。南希·克雷斯（Nancy Kress）在《创造生动的角色》（*Dynamic Characters*）中建议，如果你还在为未知的结局犹豫，就可以通过次要人物来解决问题。可以在书中其他位置设计一个次要人物，让他出场并传递信息。他的台词可以是："听说了吗？那个藏账簿的会计跳楼了!"

或者也可以用另一种方法。只需要在高潮场景中创造一个全新的次要角色，然后回到情节中，把这个角色安排在一两个场景里，这样他就可以中途空降，帮助在结尾理清情节线索。

你知道是谁经常这样做吗？查尔斯·狄更斯（Charles Dickens）。

看看《大卫·科波菲尔》（*David Copperfield*），几乎全都是角色，只有一个旁白。如何追踪每个人发生了什么？

当进行到最后五十页时，我们特别想知道小艾米莉（Emily）和威尔金斯·米考伯（Wilkins Micawber）这两个人物的命运。

所以，狄更斯设计了倒数第二章：大卫和他的妻子爱格妮丝（Agnes），迎来了艾米莉的父亲佩格蒂（Peggotty）先生的意外拜访。

大卫说："现在把一切与你性命攸关的事情全说出来。"

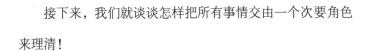

接下来，我们就谈谈怎样把所有事情交由一个次要角色来理清！

佩格蒂先生简要说明了自己目前的情况。"无论养羊，还是养别的家畜，反正不管干什么，我们的日子一直很兴旺。"①

然后，大卫问："那艾米莉呢？"

佩格蒂先生讲述了一个苦乐参半的故事。

大卫问起另外两个角色——玛莎（Martha）和葛米治太太（Mrs. Gummidge）。

佩格蒂先生做出了回应。

最后，大卫问起米考伯先生。虽然狄更斯是位聪明的小说家，但他没有再让佩格蒂先生做出言语回应，而是安排佩格蒂先生给了大卫一张从米考伯先生定居的小镇上买来的报纸。大卫大声朗读起一则通知，上面是这样写的：

> 昨日，于大旅社之宴会厅，公宴我著名殖民地同胞及本镇人士、米德尔贝港区治安官威尔金斯·米考伯先

---

① 译文摘自：狄更斯. 大卫·科波菲尔. 宋兆霖，译. 南京：译林出版社，2011：872.——译者注

生。宾客济济一堂，大厅为之堵塞。据估计，同时前来赴宴者不下四十七人，而候于过道及楼梯上之来客均未统计在内。米德尔贝港之佳丽名媛、社会名流和杰出人物，纷纷向这位如此德高望重、才华卓著、众人爱戴之贵宾致敬。"苟非更为腾达，愿其永远勿离吾辈，犹愿其在吾辈中间成就卓著，使无余地可更腾达!"闻此祝词，与会之人欢声雷动，其盛况难以形诸笔墨。①

这是因为，米考伯先生是大卫生活中至关重要的一部分，反之亦然，且犹有过之。佩格蒂先生指出了纸上的另一部分——米考伯先生公开了一封私人信件，这封信写给"著名作家大卫·科波菲尔先生"。它的结尾是：**"勇往直前，亲爱之老友阁下! 鹰扬万里有望也! 米德尔贝港居民，极愿怀欣喜、欢快、受教之情仰望阁下!"**② 署名是"区治安官威尔金斯·米考伯"。

---

① 译文摘自：狄更斯．大卫·科波菲尔．宋兆霖，译．南京：译林出版社，2011：875.——译者注

② 同①877.

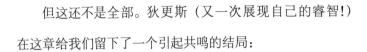

　　但这还不是全部。狄更斯（又一次展现自己的睿智！）在这章给我们留下了一个引起共鸣的结局：

　　　　在佩格蒂先生跟我们待在一起的日子里，还有好几个晚上，我们都谈到了米考伯先生的很多事。佩格蒂先生在英国整个逗留期间，一直同我们住在一起——我想，大约没有超过一个月——他妹妹和我姨婆，都曾来伦敦看过他。他坐船回去时，我和爱格妮斯都到船上给他送行；在这个世界上，我们永远也不会有再给他送行的机会了。

　　　　在他临走之前，他曾和我一起去了一趟亚茅斯，去看了我在教堂墓地里于汉姆坟前立的那块小小的墓碑。在我应他的请求，为他抄写那简朴的墓志铭时，我看到他俯下身子，从坟头上拔了一束草、掬了一把土。

　　　　"带给艾米莉的，"他说，一面把草和土揣进怀里，"我答应过她的，大少爷。"①

---

　　① 译文摘自：狄更斯．大卫·科波菲尔．宋兆霖，译．南京：译林出版社，2011：877.——译者注

只是一个梦

对于一部作品而言，或许最大的错误和最大的失望，就是以"这一切只是一个梦"为结局。这太糟糕了，所以现在这种情况似乎很少再出现。但也并非全然如此。

结局不一定是梦，也有可能是死亡前的幻象。例如电影《异生浮事》（*Jacob's Ladder*）。（我记得有个当地影评人认为，这部电影绝大部分情节都扣人心弦，"直到结局，说实话，烂透了"。）

或者，"梦"可能是大脑接受高科技手术的结果。但如果把它留到结尾再展示，让读者无法事先发现，结果还是一样——大失所望。这种情况曾出现在理查·麦森（Richard Matheson）的小说中。他是衰败城市题材的剧情大师，写过许多顶级的城市题材的小说，其中许多都被改编成了电影、电视剧。他的小说《午夜七步》（*7 Steps to Midnight*）是一本引人入胜的书，能让人不禁赞叹**"这怎么可能呢？"**但《科克斯书评》杂志认为，"所有一切不可控的骚乱，最终被荒谬牵强的前提假设搪塞过去了"。

有趣的是，这种类型的结尾在短篇中却很好用。安布罗斯·比尔斯（Ambrose Bierce）的著名小说《枭河桥纪事》（*An Occurrence at Owl Creek Bridge*）使"死前的幻象"故事家喻户晓。很多衰败城市题材的小说都有一个改变故事的转折式结局，比如麦森本人的剧本《天壤之别》（*A World of Difference*）中就有一个类似《午夜七步》的情节。因为与整部电视剧的设计一致，所以这种结尾适用于篇幅较短的作品。

但小说不会有同样的设计。它被期望在最后道出结局的意义，或者至少提供一个解决方案。它不能来自遥远的意想不到的立场，实际上就暗藏在不起眼的附近。

多话的反派

我们多少次在电影、电视剧（尤其是惊悚片）中看到过这样的情节：好人已经到了被反派任意摆布的地步，死亡似乎已经不可避免。但反派并没有扣动扳机，也没有把主角推下大楼，更没有把他扔进游满食人鱼的池塘。

相反，反派决定对主角**说清楚一切**。

这给了主角时间去找一块碎玻璃，用它来割断绑住手腕的绳子。

或者让主角的盟友来救他。

经验之谈——不要把反派的解释放在展示营救或逃跑手段之前，而应该放在杀死好人的紧迫性不那么强烈的时候；或者等到反派被支开后，由另一个角色来解释。关于后者，最著名的例子可能是阿尔弗雷德·希区柯克在电影《惊魂记》（*Psycho*）结尾对精神病医生的演讲。

不犯错几乎和做正确的事情一样重要。避免这些错误，这样你的小说就有了一个能引起共鸣的结局，而非走失于迷雾。

第十章　结局案例大赏

《马耳他黑鹰》

达希尔·哈米特（Dashiell Hammett）的经典侦探小说《马耳他黑鹰》（*The Maltese Falcon*）讲述了旧金山的私家侦探山姆·斯佩德（Sam Spade）和窃贼三人组想要得到一座价值连城的小雕像的故事。在书的开头，斯佩德的搭档迈尔斯·阿切尔（Miles Archer）遭到谋杀。一个名叫布里姬·奥肖内西（Brigid O'Shaughnessy）的女人曾雇他们追踪一个同样被谋杀的男人瑟斯比（Thursby）。不久，一个名叫乔尔·凯罗（Joel Cairo）的神秘小个子男人出现了，他正在寻找一只"黑色的鸟"。他是"胖子"卡斯珀·古特曼（Casper Gutman）的合伙人。事情发生了（不想剧透的神秘情节可以用这种总结方式）。最终，斯佩德得到了这只"鸟"并将其存放起来。随后，斯佩德和布里姬一起进入自己的公寓，却只发现古特曼、凯罗和古特曼的年轻同性伴侣威尔默·柯克（Wilmer Cook）正在等他。古特曼想要雕像。然后，谈判开始了。

对斯佩德来说，首要的事情是为三起谋杀案（死者分别是阿切尔、瑟斯比和雅克比上尉）找个"替罪羊"。

胖子皱起眉头，像是不理解他的意思，不过没等他开口，斯佩德就解释说："警察方面总得搞到一头替罪羊——好把这三条人命案栽在一个人身上。我们——"

凯罗声音又尖又急，打断斯佩德的话说："两条——只有两条人命案。斯佩德先生，毫无疑问，准是瑟斯比杀了你的伙伴。"

"好吧，就算两条。"斯佩德吼道，"那又有什么区别？关键是我们一定要给警察提供一个——"

这会儿，古特曼插进来了。他的笑容充满信心，说话的时候心情很好，挺有把握。"好啦，先生，根据我们对你为人的所见所闻，我觉得这方面我们是用不着操心的。我们可以把对付警察的事交给你，没问题。你用不着我们这些外行帮忙。"

"如果你这么想，"斯佩德说，"就说明你的所见所闻太少了。"①

在为此争论了几页之后，斯佩德建议古特曼把那个小贼威尔默交给警察。威尔默自然不同意这么干，当场就想射杀斯佩德。但斯佩德提醒大家，如果他死了，谁都得不到鹰了。

古特曼命令威尔默冷静下来。

斯佩德继续他的计划，让这些窃贼互相攻击。他建议这个替罪羊由乔尔·凯罗来当。

凯罗愤怒地尖叫起来："既然你决心要交出一个人给警察，我们何不把你或者奥肖内西小姐交给警察呢？"

斯佩德对凯罗笑笑，心平气和地回答说："是你们这帮人要这只鹰，而鹰在我手里。找个替死鬼也是我要的一部分代价。至于奥肖内西小姐嘛，"——他那不动感情的眼光移到她那惨白而茫然的脸上，又回到凯罗脸

---

① 译文摘自：哈米特. 马耳他黑鹰. 陈良廷，刘文澜，译. 上海：上海译文出版社，2003：156.——译者注

上，肩膀稍微耸了耸——"如果你认为她能够扮演这个角色，我完全愿意同你探讨这个问题。"①

最后，威尔默猛地拔出了枪，但被斯佩德打昏了。斯佩德向古特曼下达最后通牒：让威尔默当替罪羊，否则就拿不到"鸟"。古特曼想了想说："你带他走吧。"交易总是离不开钱的：

> "那太好了，先生，"古特曼心满意足地说，"代价就是威尔默和一万美元，你把鹰交给我们，再宽限我们一两个钟头，一等你把他交给官方的时候，我们就不在城里了。"
>
> "你们用不着逃，"斯佩德说，"这事保险不会漏风。"②

斯佩德打电话给他的秘书埃菲·珀雷（Effie Perine），告诉她包裹存放处和交付地。她照做了。

---

① 译文摘自：哈米特．马耳他黑鹰．陈良廷，刘文澜，译．上海：上海译文出版社，2003：162.——译者注
② 同①168.

现在，他们都在等待那个时刻：

古特曼的胖手指很快就把包装纸、绳子、刨花都拆开，双手捧起了那只黑鹰。"啊，"他声音沙哑地说，"等了十七年，到底弄到手啦!"他两眼泪汪汪的。

凯罗舔舔红嘴唇，两手握在一起。那姑娘咬着下唇。她和凯罗、古特曼、斯佩德，还有那小子一样，大家都直喘大气。房间里的空气冷冰冰、臭烘烘的。再加上抽烟，弄得烟雾腾腾。

古特曼又把黑鹰放在桌上，在口袋里摸着。"就是这东西，"他说，"不过我们还要查个明白。"他那张圆脸上满是汗珠。他从口袋里摸出一把小刀，打开刀夹的时候，指头都在抽筋。

凯罗和姑娘一边一个紧靠他站着。斯佩德往后退了一步，这一来，他既可以看得见那小子，也可以看着桌边这一堆人。

古特曼把黑鹰颠倒过来，用刀向底部边上刮去，刮下来的黑色瓷釉变成很小的细屑，露出底下黑色的金属。古特曼的刀刃戳进金属里，再抽出来，在上面挖了一道又细又弯的口子。口子里面，除去那层薄薄的瓷釉之后，就看见柔和的灰色的铅在发光。

古特曼咬着牙嘘嘘地直喘气，热血涌到脸上，脸都浮肿了。他把黑鹰再翻过来，朝头上砍去，结果刀锋把里面的铅也露出来了。他听任小刀和黑鹰砰的一下掉在桌上，转过身来面对斯佩德，声音嘶哑地说："这是个假货。"①

这一惊人发现让窃贼们炸了锅，直到古特曼宣布他想要沿着君士坦丁堡继续搜查，乔尔·凯罗也同意和他一起去。

这样就只剩下山姆·斯佩德和布里姬·奥肖内西在一起，他迷上了她，飞蛾扑火一般。但她又是杀死他的搭档迈尔斯·阿切尔的凶手，必须要有人来当这个"替罪羊"。

像她这样的！他试图解释说：

①　译文摘自：哈米特．马耳他黑鹰．陈良廷，刘文澜，译．上海：上海译文出版社，2003：179.——译者注

"一个人的伙伴被人杀了，他总应该要有所表示。不管你对他印象怎么样，反正都一样。他曾经做过你的伙伴，你应该有所表示。再说我们干的又是侦探这一行。好了，你手下的一个人被人杀了，却让凶犯逍遥法外，这事可就糟了。这种情况到处都一样——对一个机构来说是坏事；对各地的每一个侦探都是坏事。"①

所以，斯佩德还是把她交给了警察。

尽管电影以一句书中没有的台词收场，但产生了完美的共鸣。当沃德·邦德（Ward Bond）饰演的波劳斯（Polhaus）警长问起这只鹰"这是什么?"时，斯佩德答道："这是梦开始的地方。"

（你可以向朋友求证一下这件小事，问他们电影最后一句台词是什么。大多数人会说，**这是梦开始的地方**。但他们错了。是沃德·邦德说的——"啊?"）

---

① 译文摘自：哈米特．马耳他黑鹰．陈良廷，刘文澜，译．上海：上海译文出版社，2003：189.——译者注

所以，这里的第一处转折：那不是真的鸟！第二处转折：斯佩德要把他爱的女人交给警察处以绞刑，或者至少让她在监狱里待上一段时间。所有的问题都解决了。

顺便说一下，小说的结尾是斯佩德和埃菲回到了他的办公室，准备开始新的生活。

但这是一个主角失败的结局。斯佩德失去了一个很好的赚钱机会，也失去了自己心爱的女人。虽然他设法破解了迈尔斯·阿切尔的谋杀案，但那只是次要目标。他至少证明了自己的专业水平。就像他对埃菲说的："你的山姆是名侦探。"

试一试

在末尾给你的主角设计一段台词。它不一定在书中出现。主要目的是让主角表明心迹，解释行为，并结束这个故事。如果从中发现了一些令你惊喜的主题，一定要想办法在修改的过程中把这些主题融入你的文中。

《哈克贝利·费恩历险记》

海明威说过一句著名的话：所有的现代美国文学都来自一本书——马克·吐温的《哈克贝利·费恩历险记》(*Huckleberry Finn*)。然而，这部小说从一开始就引发了争议。1885 年，康科德公共图书馆就曾禁止它上架，说它是"彻头彻尾的垃圾，最适合贫民窟"。

嗯。

我们重点看一下吐温对"镜像瞬间"的运用、哈克(Huck)的转变，以及引起共鸣的结局。

在小说的中间，哈克有机会把逃跑的奴隶杰姆（Jim）交给奴隶追捕者来换取金钱。在当时的时代背景下，哈克这么做是"正确"的。奴隶是主人的"私产"。因此，帮助杰姆逃跑等同于偷窃。而偷窃又是违拗圣经的行为，因此哈克就要接受地狱之火的惩罚了。他就是这样被教导的。

但出于某些原因，哈克犹豫了。他告诉追捕者，自己和木筏上的同伴（躲起来的杰姆）得了天花。于是，追捕者匆忙撤离了。

这一切让哈克开始思考：

> 他们划走了，我上了木排，心里怪难受，提不起劲儿来，因为我知道我做了错事，我也明白；我就是想学走正道也学不了啦；一个人从小一开头就不走正道，就不会有出息——遇上急难的时候，背后没有东西支撑他，让他守自己的本分，最后只有垮台了事。接着转念一想，我跟自己说：且慢——就算你做得对，告发了杰姆，你会比现在好过吗？不会，我会觉得难受——就跟我现在一样。既然如此，既然走正道麻烦，做错事并不费事，得的工资又是一般多，学走正道又有什么用？我给难住了。我解答不了这问题。于是我打算再也不去操这份心啦，以后有事，就看当时怎么方便怎么办。①

于是，哈克沉思自己究竟是什么样的人、应该成为什么

① 译文摘自：吐温. 哈克贝利·费恩历险记. 成时，译. 北京：人民文学出版社，2004：96.——译者注

样的人，然后放弃了，觉得此刻最应该做的就是停止考虑这些问题。但他面对即将发生的某种转变仍犹豫不决。他（此时还）没有能力完全理解自己的内心在发生什么。但我们知道正在发生什么——他的内心正在悄然改变。

这是哈克在第三幕后期的转变。内心的挣扎让他难以忍受。他想要彻底被净化，这样就不会下地狱了。他给杰姆的"主人"沃森小姐写了一张字条，告诉她：自己已经找到了她的奴隶并退回了赏金。他瞬间释怀，因为这样就不用下地狱了。接着，他开始回想他和杰姆所经历的一切：

> 我看到他值完了自个儿的班以后，不叫醒我，接着替我值班——好让我睡个够；我又看到，他在我从大雾中回到木排上，还有在两族人打冤家的地方，在沼泽地里，我又找到了他以及别的这种时候，他有多高兴，他总是叫我乖乖，跟我亲热一番，凡是他能想到的对我好的事儿，他都做了，我想到他为人有多好，末了，我想起了那天我告诉人家我们木排上的人得了天花，救了他以后，他怎样对我千恩万谢，说我是老杰姆这辈子在世

上交的最好的朋友，而且现在只有我这个朋友，这时我偶然四下里一望，看见了那张纸。①

哈克拿起信，突然僵住了。

因为我得在两种做法中决定一种，从此定局。这一点我心里明白。我几乎屏住气，琢磨了一阵，然后我跟我自己说："好吧，我就下地狱吧。"——我把纸撕了。②

这是诸多文学作品中最强大的转变之一。事实上，极负盛名的布朗大学的阿诺德·温斯坦（Arnold Weinstein）教授称之为"美国小说中最伟大的时刻"。通过撕毁这封信，哈克证明了自己的转变，他从虚假的道德监狱中挣脱出来，重获新生。小说最后几句自白非常出名，让故事圆满结束：

不过我寻思：到领地去，我得比他们两个先走一

---

① 译文摘自：吐温. 哈克贝利·费恩历险记. 成时，译. 北京：人民文学出版社，2004：215.——译者注

② 同①215－216.

步，这是因为赛莉姨妈要认我作干儿子，教我做人的规矩，我受不了这个。我已经受过一回啦。①

这就是创作经典的方法：一场道德的困境、一个镜像瞬间、一次良心危机、一个最终决定、一次转变的证明以及能引起共鸣的最后一句台词。

这是一个"主角牺牲"的结局。哈克牺牲了（在他看来）自己的灵魂以换取更大的道德良善。自由就是他得到的回报——来自其个人文化的"文明化"。

试一试

为你的主角创造一个真正的道德困境。真正的困境是在两条同样需要付出巨大代价的道路之间做出选择。主角所做的选择构成了故事的核心，同样也能在结尾引起共鸣。

---

① 译文摘自：吐温. 哈克贝利·费恩历险记. 成时，译. 北京：人民文学出版社，2004：294.——译者注

《饥饿游戏》

这部由苏珊娜·柯林斯（Suzanne Collins）创作的惊悚小说讲述了 16 岁的凯特尼斯·伊夫狄恩在帕纳姆国首都上演的大逃杀游戏中挣扎求生的故事。凯特尼斯是一个典型的平凡的主角，她只想通过狩猎等非法手段来保护自己的家庭。但后来，在小说三部曲的情节推进中，她成为真正的英雄和反叛的领袖。

所有的路标场景几乎都在这部小说里有所体现，例如典型的爱心包裹（即角色在适当的时机获得亲情的关爱，包括凯特尼斯的妈妈和妹妹，甚至还有一只邋遢的猫），以及一道确实存在于不归路上的门：

> 国歌一结束，我们就被监管起来。我并不是说被拷起来或者别的什么，而是由治安警看管着，穿过法院大楼的前门。以前的"贡品"也许有逃跑的，尽管我从没

见过这种事情发生。[1]

游戏一开始，就出现"抚摸小狗"的片段，凯特尼斯帮助了最小的"贡品"——露露（Rue）。

接下来有一段关于皮塔·梅尔拉克（Peeta Mellark）的浪漫主题的副线情节。他是那个曾经关照过她的男孩，给她带过面包。如今，他们被迫杀掉对方。庆幸的是，他们最终结成了联盟。

当我们读到最后五十页时，皮塔受了伤，恢复得很慢。现在只剩下另一个选手了，他就是老练狠辣的加图（Gato）。

在第24章中，凯特尼斯和皮塔有短暂的时间来反思和制定计划。

> 食物做熟后，我把一大半包好，只留下一只兔子腿，我们俩边走边吃。
>
> 我打算往森林深处走，找一棵大树隐藏起来，准备

---

① 译文摘自：柯林斯．饥饿游戏．耿芳，译．北京：作家出版社，2010：30.——译者注

在那里过夜。可皮塔坚决反对。"我不像你那么会爬树，再说我的腿也不行，我可不想睡着觉从五十英尺高的地方掉到地上。"

"待在地面不安全，皮塔。"我说。

"咱们不能回石洞吗？"他问，"那里靠近水源，又利于防卫。"

我叹了口气。我们要在树林里走几小时路程，或者说，要一路噼里啪啦踩着树枝残叶回去，待一晚第二天再出来打猎。可皮塔的要求也不过分。①

他们的平静在这一章的结尾被打破，因为加图冲了过来！

我们已站了起来，皮塔握住他的刀子，我弯弓搭箭，准备射击。这时加图从林子里冲出，向我们跑来。他手里没有矛，事实上，他空着手，直冲我们跑过来。

---

① 译文摘自：柯林斯．饥饿游戏．耿芳，译．北京：作家出版社，2010：281.——译者注

我的第一支箭射中他的前胸，但却不知为何，啪的一下，落向一旁。

"他身上有铠甲！"我冲皮塔喊道。

瞬时，加图已经跑到我们面前，我振作精神准备应战，但他飞也似的从我们身边跑过，根本没停下来。他神色慌张、满头大汗、面红耳赤，看得出他已经奔跑了很长时间，但他不是冲我们跑，他为什么跑？想躲开什么？

我朝树林看去，正好看到第一只动物跃到空地，我转身就跑，接着看到另外六只，我顾不得一切跟在加图身后跑，心里只有一个念头，逃命。①

发生了什么？下一章的开头给出了答案：变异狗！这些可怕的野兽是用死去"贡品"的遗传物质创造出来的。用著名歌手沃伦·泽文（Warren Zevon）的话说就是——"它们会把你的肺扯出来，吉姆。"

这是路标场景中的熄灯环节。主角陷入绝境。变异狗迫

---

① 译文摘自：柯林斯．饥饿游戏．耿芳，译．北京：作家出版社，2010：287.——译者注

使加图、皮塔和凯特尼斯为了求生而爬上"宙斯之角"，也迫使加图和凯特尼斯－皮塔进行两组之间的终极决斗。加图将皮塔的头死死夹在腋下，凯特尼斯用箭射中了加图的手背。

加图摔了下去，但他穿着的由国会提供的铠甲可以从脖颈保护到脚踝。他的死期漫长而可怕，凯特尼斯"出于怜悯"射杀了他。

现在，到了结尾转折环节。游戏还没结束呢！上一次规则更改后，允许出现两个胜利者。但现在它被撤销了，只允许有一个胜利者活下来！

这让我们陷入了一个道德困境。

"那你来射我吧。"我情绪激动地说，把弓塞到他手里。"你射死我，然后回家，好好过日子！"我这么说的时候，心里明白，对我们两人来说，死亡是更容易的选择。

"你知道我不能。"皮塔说，扔掉了武器。

"好吧，我总要先走的。"他坐下来，拆掉腿上的绷

带，拆掉了阻止血液涌出的最后一道障碍。

"不，你不要这样杀死自己。"我说着，跪在他面前，拼命把绷带贴到他的腿上。

"凯特尼斯，"他说，"这是我想要的。"

"你不能把我一个人留在这里。"我说。因为他死了，我永远都回不了家，不能真正地回家。我会一辈子留在竞技场，思考这永远也解不开的谜团。①

然后，凯特尼斯想出了一条出路。她知道国会需要一个胜利者，她和皮塔威胁说要当着电视观众的面吃掉那些有毒的浆果。她的计划成功了。克劳迪斯·坦普尔史密斯（Claudius Templesmith）喊他们停手，并宣布两人同为胜利者。

作为三部曲中的第一部，苏珊娜·柯林斯留下了一个开放式的结局。我们不知道凯特尼斯面对国会时的命运是怎样的。以及更重要的，她和皮塔的关系会怎样发展？皮塔现在

---

① 译文摘自：柯林斯. 饥饿游戏. 耿芳，译. 北京：作家出版社，2010：298.——译者注

认为凯特尼斯和他在游戏中做的事只是作秀（就像黑密斯教他们的那样）。另外，盖尔（Gale）和凯特尼斯之间的关系又会怎样？会不会出现经典的三角恋呢？

> 我想告诉他这不公平，那时我们还很陌生。我这么做只是为了能活下去，让我们两个人都活下去。我无法解释和盖尔的感情，因为我自己也说不清楚。皮塔爱我也没有用，因为我是不会结婚的；他即使现在恨我，以后也不会再恨我；就算我真的对他有感情，对他也无关紧要，因为我不会有家庭，不会有孩子。他怎么能这样？在我们共同经历了这一切之后，他怎么能这样？[①]

试一试

分析你接下来要读的三部小说的最后五十页或准备看的

---

① 译文摘自：柯林斯．饥饿游戏．耿芳，译．北京：作家出版社，2010：323-324.——译者注

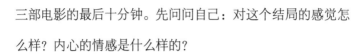

三部电影的最后十分钟。先问问自己：对这个结局的感觉怎么样？内心的情感是什么样的？

　　审视这些情感。想想你为什么会有这种感觉。作者或电影制作人是通过什么方式让你产生这种感觉的？哪种具体的创作技巧发挥了作用？

　　注意，搞清楚一个结局为什么不能让人满意，和搞清楚它为什么成功一样，都具有建设性意义。

第十一章 这本关于结局的书的结局

一个人带着只松鼠走进酒吧，把装松鼠的笼子放在身旁。

酒保问："那是什么？"

那人回答："一位悬疑小说作家。"

"什么？它看起来像只松鼠。"

"是的。"那人说，"他就是一只松鼠，他会写悬疑小说。"

酒保摇摇头。"来吧！让我看看松鼠怎么写悬疑小说。"

那人回答："很简单。他从结尾开始，然后倒着往前写。"

这是个笑话。

但玩笑总归有它的道理。如果连松鼠都能做到，当然你也可以。

或者也许还说明了另一个道理：在动笔之前知道结尾，有助于让你的写作保持正确的方向。

记住，你可以随时对结局做出改变，但起码要预留改变的契机。

一旦写到结局，它值得你付出全部的努力。我在最后一章上花的时间比其他章节都多。最后一页修改十几二十次，在我这里是家常便饭。不是大规模的修改或调整，主要是字斟句酌，找到最合适的表达。

我会逐字逐句进行删改。我会大声反复朗读。我在找"啊！"或者"哎呀！"。

要永远记住——你希望读者读完你的书时，对你这位作者充满兴趣，想要更加了解你，渴望读你的其他作品。

普利策奖和国家图书奖获得者凯瑟琳·安妮·波特（Katherine Anne Porter）说过："如果我没想好故事的结局，我就不会动笔。我总是先写好最后一行、最后一段、最后一页，然后再回过头朝着这个结局去写。我很明确自己的写作方向，很清楚自己的写作目标，更知道自己是如何得到上帝眷顾的。"

所有我们这些作者想要实现心中渴望的令人难忘的结局，或多或少都需要一点眷顾。我希望这本书能帮你得到这些。

创意写作书系

这是一套广受读者喜爱的写作丛书，系统引进国外创意写作成果，推动本土化发展。它为读者提供了一把通往作家之路的钥匙，帮助读者克服写作障碍，学习写作技巧，规划写作生涯。从开始写，到写得更好，都可以使用这套书。

综合写作		
书名	作者	出版时间
成为作家	多萝西娅·布兰德	2011 年 1 月
一年通往作家路——提高写作技巧的 12 堂课	苏珊·M. 蒂贝尔吉安	2013 年 5 月
文学的世界	刁克利	2022 年 12 月
创意写作大师课	于尔根·沃尔夫	2013 年 6 月
渴望写作——创意写作的五把钥匙	格雷姆·哈珀	2022 年 6 月
与逝者协商——布克奖得主玛格丽特·阿特伍德谈写作	玛格丽特·阿特伍德	2019 年 10 月
心灵旷野——活出作家人生	纳塔莉·戈德堡	2018 年 2 月
从创意到畅销书——修改与自我编辑	詹姆斯·斯科特·贝尔	2016 年 1 月
来稿恕难录用——为什么你总是被退稿	杰西卡·佩奇·莫雷尔	2018 年 1 月
虚构写作		
小说写作教程——虚构文学速成全攻略	杰里·克里弗	2011 年 1 月
开始写吧！——虚构文学创作	雪莉·艾利斯	2011 年 1 月
冲突与悬念——小说创作的要素	詹姆斯·斯科特·贝尔	2014 年 6 月
情节与人物——找到伟大小说的平衡点	杰夫·格尔克	2014 年 6 月
人物与视角——小说创作的要素	奥森·斯科特·卡德	2019 年 3 月
经典人物原型 45 种——创造独特角色的神话模型（第三版）	维多利亚·林恩·施密特	2014 年 6 月
情节线——通过悬念、故事策略与结构吸引你的读者	简·K. 克莱兰	2022 年 3 月
经典情节 20 种（第二版）	罗纳德·B. 托比亚斯	2015 年 4 月
情节！情节！——通过人物、悬念与冲突赋予故事生命力	诺亚·卢克曼	2012 年 7 月
超级结构——解锁故事能量的钥匙	詹姆斯·斯科特·贝尔	2019 年 6 月
如何创作炫人耳目的对话	詹姆斯·斯科特·贝尔	2016 年 11 月
如何创作令人难忘的结局	詹姆斯·斯科特·贝尔	2023 年 3 月
故事工程——掌握成功写作的六大核心技能	拉里·布鲁克斯	2014 年 6 月
故事力学——掌握故事创作的内在动力	拉里·布鲁克斯	2016 年 3 月
畅销书写作技巧	德怀特·V. 斯温	2013 年 1 月
30 天写小说	克里斯·巴蒂	2013 年 5 月
弗雷的小说写作坊——劲爆小说秘境游走	詹姆斯·N. 弗雷	2015 年 7 月
弗雷的小说写作坊——让劲爆小说飞起来	詹姆斯·N. 弗雷	2015 年 7 月
从生活到小说（第二版）	罗宾·赫姆利	2018 年 1 月

虚构写作		
小说创作谈	大卫·姚斯	2016 年 11 月
写小说的艺术	安德鲁·考恩	2015 年 10 月
成为小说家	约翰·加德纳	2016 年 11 月
小说的艺术	约翰·加德纳	2021 年 7 月
非虚构写作		
开始写吧！——非虚构文学创作	雪莉·艾利斯	2011 年 1 月
写作法宝——非虚构写作指南	威廉·津瑟	2013 年 9 月
故事技巧——叙事性非虚构写作（第二版）	杰克·哈特	2023 年 3 月
光与热——新一代媒体人不可不知的新闻法则	迈克·华莱士	2017 年 3 月
自我与面具——回忆录写作的艺术	玛丽·卡尔	2017 年 10 月
写我人生诗	塞琪·科恩	2014 年 10 月
类型及影视写作		
金牌编剧——美剧编剧访谈录	克里斯蒂娜·卡拉斯	2022 年 3 月
开始写吧！——影视剧本创作	雪莉·艾利斯	2012 年 7 月
开始写吧！——科幻、奇幻、惊悚小说创作	劳丽·拉姆森	2016 年 1 月
开始写吧！——推理小说创作	劳丽·拉姆森	2016 年 7 月
弗雷的小说写作坊——悬疑小说创作指导	詹姆斯·N. 弗雷	2015 年 10 月
好剧本如何讲故事	罗伯·托宾	2015 年 3 月
经典电影如何讲故事	许道军	2021 年 5 月
童书写作指南	玛丽·科尔	2018 年 7 月
网络文学创作原理	王祥	2015 年 4 月
写作教学		
小说写作——叙事技巧指南（第十版）	珍妮特·伯罗薇	2021 年 6 月
剑桥创意写作导论	大卫·莫利	2022 年 7 月
你的写作教练（第二版）	于尔根·沃尔夫	2014 年 1 月
创意写作教学——实用方法 50 例	伊莱恩·沃尔克	2014 年 3 月
创意写作思维训练	丁伯慧	2022 年 6 月
故事工坊（修订版）	许道军	2022 年 1 月
大学创意写作·文学写作篇	葛红兵 许道军	2017 年 4 月
大学创意写作·应用写作篇	葛红兵 许道军	2017 年 10 月
小说创作技能拓展	陈鸣	2016 年 4 月
青少年写作		
会写作的大脑——梵高和面包车（修订版）	邦妮·纽鲍尔	2018 年 7 月
会写作的大脑 2——怪物大碰撞（修订版）	邦妮·纽鲍尔	2018 年 7 月
会写作的大脑 3——33 个我（修订版）	邦妮·纽鲍尔	2018 年 7 月
会写作的大脑 4——亲爱的日记（修订版）	邦妮·纽鲍尔	2018 年 7 月
奇妙的创意写作——让你的故事和诗飞起来	卡伦·本基	2019 年 3 月
写作大冒险——惊喜不断的创作之旅	凯伦·本克	2018 年 10 月
小作家手册——故事在身边	维多利亚·汉利	2019 年 2 月
写作魔法书——让故事飞起来	加尔·卡尔森·莱文	2014 年 6 月
成为小作家	李君	2020 年 12 月
写作魔法书——28 个创意写作练习，让你玩转写作（修订版）	白铅笔	2019 年 6 月
有个性的写作（人物篇＋景物篇）	丁丁老师	2022 年 10 月
北大附中创意写作课	李韧	2020 年 1 月
北大附中说理写作课	李亦辰	2019 年 12 月

创意写作课程平台

从入门到进阶多种选择，写作路上助你一臂之力

扫二维码随时了解课程信息

"创意写作课程平台"由中国人民大学出版社"创意写作书系"编辑团队精心打造，历经十余年积累，依托"创意写作书系"海量素材，邀请国内外优秀写作导师不断研发而成。这里既有丰富的资源分享和专业的写作指导，也有你写作路上的同伴，曾帮助上万名写作者提升写作技能，完成从选题到作品的进阶。

写作训练营，持续招募中

• 叶伟民故事写作营

高人气写作导师叶伟民的项目制写作训练营。导师直播课，直击写作难点痛点，解决根本问题。班主任 Office Hour，及时答疑解惑，阅读与写作有问必答。三级作业点评机制，导师、班主任、编辑针对性点评，帮助突破自身创作瓶颈。

• 开始写吧！——21 天疯狂写作营

依托"创意写作书系"海量练习技巧，聚焦习惯养成、人物塑造、情节设置等练习方向，21 天不间断写作打卡，班主任全程引导练习，更有特邀嘉宾做客直播间传授写作经验。

精品写作课，陆续更新中

• 小说写作四讲

精美视频＋英文原声＋中文字幕

全美最受欢迎的高校写作教材《小说写作》作者珍妮特·伯罗薇亲授，原汁原味的美式写作课，涵盖场景、视角、结构、修改四大关键要素，搞定写作核心问题。

• 从零开始写故事

高人气写作导师叶伟民系统讲解故事写作的底层逻辑和通用方法，30 讲视频课程帮你提高写作技能，创作爆品故事。

精品写作课

作家的诞生——12位殿堂级作家的写作课

中国人民大学习克利教授10余年研究成果倾力呈现，横跨2800年人类文学史，走近12位殿堂级写作大师，向经典作家学写作，人人都能成为作家。

荷马：作家第一课，如何处理作品里的时间？

但丁：游历于地狱、炼狱和天堂，如何构建文学的空间？

莎士比亚：如何从小镇少年成长为伟大的作家？

华兹华斯和弗罗斯特：自然与作家如何相互成就？

勃朗特姐妹：怎样利用有限的素材写作？

马克·吐温：作家如何守望故乡，如何珍藏童年，如何书写一个民族的性格和成长？

亨利·詹姆斯：写作与生活的距离，作家要在多大程度上妥协甚至牺牲个人生活？

菲兹杰拉德：作家与时代、与笔下人物之间的关系？

劳伦斯：享有身后名，又不断被诋毁、误解和利用，个人如何表达时代的伤痛？

毛姆：出版商的宠儿，却得不到批评家的肯定。选择经典还是畅销？

作家的诞生
——12位殿堂级作家的写作课

一个故事的诞生——22堂创意思维写作课

郝景芳和创意写作大师们的写作课，国内外知名作家、写作导师多年创意写作授课经验提炼而成，汇集各路写作大师的写作法宝。它将告诉你，如何从一个种子想法开始，完成一个真正的故事，并让读者沉浸其中，无法自拔。

郝景芳：故事是我们更好地去生活、去理解生活的必需。

故事诞生第一步：激发故事创意的头脑风暴练习。

故事诞生第二步：让你的故事立起来。

故事诞生第三步：用九个句子描述你的故事。

故事诞生第四步：屡试不爽的故事写作法宝。

图书在版编目（CIP）数据

如何创作令人难忘的结局/（美）詹姆斯·斯科特·贝尔（James
Scott Bell）著；高尔雅，高晨莉译.—北京：中国人民大学出版社，2023.6
（创意写作书系）

书名原文：The Last Fifty Pages：The Art and Craft of Unforgettable
Endings

ISBN 978-7-300-31624-6

Ⅰ.①如…　Ⅱ.①詹…　②高…　③高…　Ⅲ.①小说创作-创作方法
Ⅳ.①I054

中国国家版本馆 CIP 数据核字（2023）第 082763 号

创意写作书系

如何创作令人难忘的结局

［美］詹姆斯·斯科特·贝尔　著

高尔雅　高晨莉　译

Ruhe Chuangzuo Ling Ren Nanwang de Jieju

出版发行	中国人民大学出版社	
社　　址	北京中关村大街 31 号	**邮政编码**　100080
电　　话	010 - 62511242（总编室）	010 - 62511770（质管部）
	010 - 82501766（邮购部）	010 - 62514148（门市部）
	010 - 62515195（发行公司）	010 - 62515275（盗版举报）
网　　址	http://www.crup.com.cn	
经　　销	新华书店	
印　　刷	北京联兴盛业印刷股份有限公司	
开　　本	890 mm×1240 mm　1/32	**版　　次**　2023 年 6 月第 1 版
印　　张	5.5 插页 2	**印　　次**　2023 年 6 月第 1 次印刷
字　　数	73 000	**定　　价**　42.00 元